剖析新聞英語
慣用表達法
全面增進閱讀能力

嚴選超過80篇實際報導
拆解文句結構、領悟篇章主旨

三輪裕範——著
吳羽柔——譯

日本人が苦手な語彙・表現がわかる「ニュース英語」の読み方

前言

我的前一部作品《「ニュース英語」の読み方》（書名翻譯為「新聞英語的閱讀方式」，目前尚未有繁體中文版）出版於2022年10月，即使內容較艱澀，還是很幸運能獲得許多讀者的好評。尤其我收到不少來自從事英語教育專家的極高評價，心中非常感激也很惶恐。

本書之所以能夠出版，正是因為前作受到了各方讀者的支持。我在前作中舉出了六項新聞英語的特徵，並分別舉出實際的新聞報導作為範例。這六項特徵如下：

1. 新聞英語會不斷追加資訊
2. 偏好無生命的主詞
3. 喜歡抽換詞面
4. 有許多引用句，充滿生動的英語表達
5. 情感表達豐富
6. 常出現譬喻

我在本書中，除了補充說明前作中因篇幅關係而沒能寫得非常充分的內容外，也會介紹前作中完全沒有提到的其他新聞英語重要特徵，並舉出具體的報導做詳細說明。

具體來說，我在本書追加了以下六項特徵；

1. 情感表現（批評用語及稱讚用語）
2. 幽默感與文字遊戲
3. 辛辣的反諷
4. 絕妙的形容詞
5. 生動的口語表達
6. 連續使用同義詞及近義詞

也許有些讀者會注意到，上述這六項特徵中第一項的「情感表現」，跟我在前作第七章介紹有關批判、指責以及煩躁焦慮等用語有所相關。

不過新聞英語中的批評用語及指責用語實在為數眾多，我在本書中將集中介紹口語表達上常用的批判用語和指責用語。

另外，前作中完全沒有提及與批評、指責相對的稱讚用語，因此我在本書也會介紹新聞英語中經常出現的稱讚詞彙及語句。

第三章到第七章則是前作中完全沒有的全新內容。其中我默默對第三章的「趣味性與文字遊戲」、第四章「辛辣的反諷」、第七章「連續使用同義詞及近義詞」等內容感到很自豪，因為過去似乎未曾有人指出這些內容是閱讀新聞英語的關鍵。

另外，第五章「絕妙的形容詞」與第六章「生動的口語表達」也是閱讀新聞英語時必須關注的重點，在閱讀新聞英語時注意這些重點，為大幅提升英語應用能力的不二法門。

與前作相同，我在本書中所收錄的英語報導都是各位讀者相對熟悉、感興趣的主題。而且我盡量挑選各位印象可能比較深刻、近期發生的主題（雖然還是有收錄幾篇較舊的內容）。因此，本次收錄的報導大部分都是2022至2023年間的報導。

我們在閱讀英語報導，並不單純是以學習英文為目的。在閱讀時能確實吸收其內容是更為重要的。不過許多喜愛英文的人往往會忽略了報導內容，只關注報導中出現的英文單字與句子。

當然要怎麼閱讀新聞報導是個人的自由，不過我希望各位不要忘記，在閱讀文字時，必須先理解其內容，再以內容為基礎去延伸思考才是正確的。

基於這樣的想法，我在本書中並不會只說明英文報導中常出現的單字或語句，而是會以理解報導內容為優先，盡可能詳盡描述該篇報導的寫作背景。

我想各位讀者若將前作與本作都讀完，就能掌握大部分新聞英語的特徵了。也就是說，我相信這兩本書加起來即是最詳盡的「新聞英語大全」，並將徹底改變各位讀者對於新聞英語的看法，讓各位在新聞英語的閱讀上達到新高度，並能更深入地品味其魅力。

最後，在前作與本書的出版上，我受到Discover 21的藤田浩芳與三谷祐一兩位的大力協助。衷心感謝兩位的情誼與支持。謝謝你們。

2024年2月
三輪裕範

目次

前言 004

第1章 閱讀新聞英語的重點

重點1：新聞英語會不斷追加資訊 015

重點2：偏好無生命的主詞 017

重點3：喜歡抽換詞面 019

重點4：有許多引用句，充滿生動的英語表達 021

重點5：情感表達豐富 023

重點6：常出現譬喻 025

第2章 情感表現（批評用語及稱讚用語）

表達嚴厲批評與批判的 roast 和 torch 032

表達攻擊、批判的 rip 和 rip into 034

表達憤怒的 vent over 037

表示猛烈攻擊的 light into 039

混合使用慣用語與動詞 041

動詞與慣用語、名詞的混合型 044

表達批評的慣用語 047

專欄1：批評用語、指責用語是新聞英語的明星 051

表達讚賞的 extoll 和表達稱讚的 admire 052

表達稱讚與歡迎的 hail 055

表示稱讚的 commend 057

表達高度讚賞的兩個動詞 laud 和 effuse 059

表達盛讚的 lionize 062

名詞 praise 1：heap praise on 064

名詞 praise 2：shower praise on 067

名詞 praise 3：offer profuse praise 069
表達稱讚的慣用語 1：pay tribute to................................. 071
表達稱讚的慣用語 2：make complimentary remarks 073
表達推崇的用語 075

第 3 章 趣味性與文字遊戲

purrfect day 是「完喵的一天」.. 083
專欄 2：美國人熱愛諧音梗 085
all that fizz 指「滿是氣泡聲」... 087
shredding 指「撕碎」... 090
trump up 指「捏造」.. 094
American Idle 是「美國偶像」嗎？.................................... 096
Tweedledum and Tweedledumber....................................... 098
是鵝媽媽童謠裡的用詞？
a tipping point 指「轉捩點」？... 100
not all burgers are created equal 103
指「漢堡的製作並不平等」嗎？
用 ketchup with/weenie/dog-eat-dog world 106
討論熱狗話題

第 4 章 辛辣的反諷

轉換跑道成為 gymnast 113
偽裝成競選總幹事應徵信的冷嘲熱諷................................. 115
泰勒絲之亂導致了民主共和兩黨的團結............................. 118
盡可能不有趣的運動 121
除了攻擊與防守之外一切順利的美式足球隊...................... 123

009

成為防蚊液的川普 126
與擲硬幣一樣貴重的專家意見 128
放棄公開數據就能解決問題 131
彭斯的野心妨礙了他的判斷力 133
表現糟到令人意外的美國女子足球隊 135
約翰·凱瑞排廢氣 137
紐約以外的城市都是垃圾 141

第 5 章 絕妙的形容詞

中國經濟的 meteoric growth 149
處於 abysmal state 的美中關係 151
梅西的 absurd brilliance 154
梅西的 ludicrous abilities 157
Lethargic 的法國隊 159
plodding 的上半場和 riveting 的後半場 161
日本隊 emphatic 的勝利 163
wanton 的暴行 165
biting 般的景氣衰退 168
gallop 的物價高漲 170
sticky 的物價 172
pugnacious 的政治 174
unalloyed 的拒絕 177

第 6 章 生動的口語表達

籃球的 slam dunk 183
棒球的 ballgame 185

賽馬的 nonstarter 187

不用大腦的 no-brainer 191

軟弱的 cuck 193

發瘋的 nut job 和 crackpot 196

流浪狗的 dogpile 199

棒打紙偶 pinata 201

爛透了的 suck 203

擊倒對手的 pip 205

負面用語 gaslighting 207

荒唐的 rich 210

結束的 toast 213

不怎樣的 meh 216

第 7 章 連續使用同義詞及近義詞

aides and allies 223

subterfuge and fraud 225

villains and scoundrels 227

sway and gravitas 230

anxiety and trepidation 233

flubs and gaffes 235

critical and dismissive 238

stale and lifeless 241

ad hoc and improvisational 243

mocked and ridiculed 246

demean and degrade 248

spin, distort, prevaricate and lie 251

第 1 章
閱讀新聞英語的重點

我想閱讀本書的讀者中，應該有一些人還未讀過我的前作。為方便這些讀者閱讀，我想在本書開頭先做前情提要，說明前作中所提及之新聞英語的6大特徵及其重點。這6大特徵如下：

1. 新聞英語會不斷追加資訊
2. 偏好無生命的主詞
3. 喜歡抽換詞面
4. 有許多引用句，充滿生動的英語表達
5. 情感表達豐富
6. 常出現譬喻

重點 1：新聞英語會不斷追加資訊

說到新聞英語的特徵，首先不得不提到的為新聞英語的文章是逐步往後追加讀者所缺乏的資訊，即所謂的「追加資訊型」文章結構。這種追加資訊型的文章結構除新聞英語之外，在一般英文篇章中也會出現，不過這種結構在英文報導中尤其顯著。

下面這篇文章即為追加資訊型報導的例文，這篇報導是關於俄羅斯開始侵略烏克蘭的數週後，美國國家安全顧問蘇利文與中國外交部高層的負責人（top Chinese official）之間的會談。

> U.S. national security adviser Jake Sullivan **pressed** a top Chinese official **over** China's alignment with Russia **during** what U.S. officials said was an intense, seven-hour meeting **that** included discussion of the Russian invasion of Ukraine.
>
> (Wall Street Journal, 2022/3/14)

單字註解

press	動	逼迫、催逼
alignment	名	結盟、聯合
intense	形	激烈的、緊張的
invasion	名	侵略

> 💬 **譯文**
> 在被美國政府高層形容為激烈的、長達 7 小時的會議中，美國國家安全顧問傑克·蘇利文對中國政府的一位高層施壓，討論到中國與俄羅斯間的同盟關係，並涵蓋了俄羅斯對烏克蘭的侵略。

文章一開始提到蘇利文"press"中國外交部高層的政府高官，此處的 press 是「施壓」或「逼迫」的意思。那麼蘇利文到底"press"了什麼呢？後面出現的前置詞 over 接的是「中國與俄羅斯的同盟關係（China's alignment with Russia）」。

接下來，美方的這種擔憂是在什麼場合傳達給中國方的呢？那就是前置詞 during 後面所寫的內容。據美方政府高層（what U.S. officials said was）的說法，談話發生在一場「激烈且長達 7 小時的會議」上（an intense, seven-hour meeting）。

然後文中又使用關係代名詞 that 進一步形容這場 7 小時的會議「也提及了俄羅斯對烏克蘭的侵略（that included discussion of the Russian invasion of Ukraine）」。新聞英語就像這樣，只要從前面開始依照順序往後讀，就會在文中逐漸補上讀者所欠缺的資訊，讓讀者能夠自然瞭解文章內容。

上面的報導中，是以 over 和 during 等前置詞，還有關係代名詞 that 作為連接追加資訊的橋樑，不過英文裡還有許多能像這樣連接新資訊的詞彙。例如說關係代名詞除了 that 之外，還有

016

who、which、what 等，關係副詞 where 等也經常在新聞英語中作為連接資訊的橋樑使用。

此外，現在分詞和過去分詞，以及 as、while 等連接詞、that 子句、表示同位格關係的 of、逗號及破折號都經常被用來作為追加新資訊的橋樑。

重點 2：偏好無生命的主詞

新聞英語的第二個特徵即為經常使用無生命主詞。當然無生命主詞在除了新聞英語以外的其他英語表達上也時常出現，但新聞英語中出現無生命主詞的頻率可謂為出類拔萃的高。

無生命主詞如同字面上的意思，指不使用人或動物等具有生命的名詞，而使用無生命的事物作為主詞。這種無生命主詞在中文裡常讓人感到有些不自然，不過在英文中，這樣的表達反而更為自然。

接著介紹的這篇紐約時報報導，是使用無生命主詞的典型範例。請先閱讀接下來的文章。

Easter weekend **saw** a resurgence of tourist activity in some U.S. cities, suggesting what could be a turning point for the tourism industry as Covid-19 vaccinations pick up and more businesses reopen across the country.

(New York Times, 2021/4/11)

單字註解

resurgence	名 復甦、再次興起
vaccination	名 疫苗接種
pick up	片 提高、好轉

譯文

復活節連假期間，美國一些城市的觀光活動顯著復甦。隨著全國新冠疫苗接種數量上升，以及各地商家陸續重新開業，這可能預示著旅遊業即將迎來關鍵轉捩點。

此篇報導寫於2021年4月，正是美國超前他國正式推行新冠疫苗接種的時期。因應這種正式推行疫苗接種的情況，當時美國國內整體氛圍對於新冠疫情的擴大多少都開始變得較為樂觀。因此在往年人潮眾多的復活節週末假期中，連一直關在家裡的民眾都趁此機會開始外出，旅遊人潮也變得更加活躍（resurgence）。

本篇報導中將此狀況描述為 "Easter weekend saw a resurgence of tourist activity"，使用了 "Easter weekend" 這個無生命的主詞，並形容其「看到」"resurgence of tourist activity"。

像這種無生命主詞後面經常接的動詞，除了 see 之外，還有 find、suggest、experience、require 等各種動詞。

重點3：喜歡抽換詞面

新聞英語的第三個特徵是異常喜歡換句話說。其中一個原因為新聞報導必須在閱讀過程中維持讀者對該篇報導內容的興趣，因此記者必須花比常人多一倍的心力設法讓讀者不會膩味。

若報導反覆使用相同的單字或句子，就會變成一篇單調無趣的文章，那就沒人會想繼續閱讀那位記者的文章了。為了不造成這樣的狀況，記者除了要寫出有趣的報導外，也必須在文字表達上費盡心思，避免出現反覆使用相同單字或語句的愚蠢失誤。

另外，在英文中使用相同的單字或語句，會給人一種樸拙的印象，讓人覺得寫這篇報導的記者缺乏文學素養。因此記者必須盡量避免使用相同的單字及語句，努力將同一個字改寫為其他單字或句子。

接下來介紹的是有關網球選手大阪直美的短篇報導。請各位注意在此簡短的篇幅中，出現了兩次抽換詞面的技巧。

The pressures of **tennis** world have caused Osaka to consider taking a **hiatus** from **the sport** in the past. Last year, she announced that she was considering a **break** from tennis.

(NBC NEWS, 2022/3/14)

單字註解

cause	動 導致、造成
hiatus	名 間斷、暫停

譯文

過去來自網球界的壓力曾導致大阪直美考慮要暫停出賽。去年她曾宣布自己正在考慮要休息一陣子。

請各位注意以粗體字標示的"hiatus"、"break"、"tennis"和"the sport"四個單字。

首先"hiatus"是英語檢定會出現的高難度單字，表示「中斷」、「暫停」之意。那麼這個"hiatus"如果要抽換詞面的話該用哪個單字呢？應該就是文末出現的"break"了吧。而緊接在"hiatus"後面的"sport"，當然就是改寫為"tennis"。也就是說"a hiatus from the sport"和"a break from tennis"語意完全相同，只是巧妙地用了不同的單字來表達。

重點4：有許多引用句，充滿生動的英語表達

新聞英語的第四個特徵即為在文中會經常使用引用句。且這些引用句正是能讓各位學習到生動實用英語表達的寶庫。

記者這個職業的本質即為「報導當下發生的事」，因此英語報導中會頻繁使用英語母語者日常也經常會用到的「生動英語」和「精準英語」，尤其它們時常藏在引用句中，可以說引用句是英文學習者的大寶庫。

接下來這篇報導是美國商務部長雷蒙多於新冠疫情正盛行時，在美國全國廣播公司NBC的訪談中，回答有關美國經濟狀況的問題。這段文字中使用了生動的口語表達描述了當時美國的經濟情況。

> "I think that this pandemic has gone on for a very long time," Commerce Secretary Gina Raimondo told NBC News, "people are frustrated. Mom and dads are still struggling, will school be open today? Inflation is real and it's in everything. It's a combination of Covid and increased prices and the supply chain disruptions." "I think **the fundamentals are there**," Raimondo said. "People are making more money. But we've got to get past Covid."
>
> (NBC NEWS, 2022/1/27)

單字註解

struggle	動	痛苦掙扎
disruption	名	混亂、分裂
fundamental	名	基礎、基本條件

> **譯文**
>
> 美國商務部長吉娜·雷蒙德向 NBC 表示,「我認為這場疫情持續了很長一段時間。民眾感到非常挫折。父母每天都在掙扎,擔心學校是否會開放?通貨膨脹真實存在,而且所有事物都受其影響。這是新冠疫情、物價上漲以及供應鏈崩壞的綜合結果。」雷蒙德說,「我認為經濟基礎是穩固的,人們的收入增加了,不過我們還是要努力克服疫情。」

前半的第二段引用文 "people are frustrated... the supply chain disruptions." 部分的意思是「民眾感到很焦慮。父母到現在也還在擔心學校是否會開放,通貨膨脹是真的,而且所有事物都受其影響。這個狀況是新冠疫情、物價上漲以及供應鏈混亂同時發生所造成的結果」,表達出雷蒙德部長很坦誠地承認了美國經濟嚴峻的現況。

不過後半的引用文中提到的 "I think the fundamentals are there",正是生動英語表達的最佳範例,文中用這句話明確說明了美國的經濟狀況。這邊用到 "fundamentals" 一字,指的是「基礎經濟條件」。也就是說雷蒙德部長在此想表達的是,即使美國經濟

確實因新冠疫情及通貨膨脹受到極大影響，但「美國的經濟基礎還是相當穩固」之意。

雷蒙德部長的這段發言中完全未包含任何艱深的單字，但正是英語母語人士才說得出來的生動口語表達。

不要說學校的英語測驗了，就連全民英檢、多益、托福、雅思等英語檢定也一樣，不管我們再怎麼用心準備，也難以學到這種看起來一刀切下去，就可直接見血的精準、生動英語表達。

除在升學用的英語或英語檢定外，若讀者希望自己的英語能力再更上一層樓的話，請務必注意新聞英語引用句的部分。

重點5：情感表達豐富

新聞英語的第五項特徵是有關喜怒哀樂等情緒的表現非常豐富。日本的新聞報導以公正中立為宗旨，為了避免遭到讀者批評，在寫作時常過分謹慎，不太喜歡直率地表達人類的真實情緒，如「A『批評』B」、「A『怒罵』B」，或是「A對B感到『厭煩』、『困惑』」等等。因此，臺灣媒體報導中幾乎不會出現這種生動的情緒描寫。相反的，歐美主流新聞媒體在報導中經常會使用喜怒哀樂等情緒用語。

接下來的這篇紐約時報報導即為在報導中使用情緒用語的典型

範例。用到了「憤慨、發怒」等相當激烈的名詞及動詞來表達情緒。

> Senate Republicans have generally take a more conciliatory tack than their House counterparts, with their leaders pleading with conservatives to drop their hesitance and get vaccinated.（中略）But others were happy to **pile on the outrage**. Senator Ted Cruz of Texas **fumed**, "the science hasn't changed. Only the politics has."
>
> (New York Times, 2021/7/28)

單字註解

conciliatory	形	妥協的、和解的
tack	名	方針
hesitance	名	猶豫
outrage	名	憤慨
fume	動	發怒

譯文

共和黨在參議院通常比眾議院議員採取更妥協懷柔的立場，黨團領袖甚至會懇求保守派放下對疫苗的疑慮。（中略）但仍有部分議員毫不掩飾地勃然大怒，德州參議員泰德·克魯茲憤怒地表示，「科學沒有變，變的是政治。」

此篇報導發表於美國國內新冠疫情蔓延時期，參議院共和黨黨員對於接種疫苗採取相對軟性妥協的立場。但也有部分議員像文中提到的參議院議員泰德·克魯茲一樣，強烈反對新冠疫苗。

報導內使用了非常強烈的情緒用語如「勃然大怒（pile on the outrage）」、「發怒（fumed）」來表現克魯茲對於接種疫苗的強烈反對。像「發怒」這種激烈的情緒用語，由於刺激性太強，在臺灣新聞報導中幾乎看不到，不過歐美主流媒體的報導中常使用這種用語，為非常稀鬆平常的事。

重點6：常出現譬喻

新聞英語的第六項特徵是不會直白描述所見所聞的事物，而常會使用譬喻等技巧性地表達方式闡述事情。

使用活潑生動的語句來描述事件是新聞英語最重要的關鍵，因沒有運用譬喻等各種文學表達技巧的報導無法引起讀者注意。也就是說，讀者會認為記者理所當然要運用這些描寫技巧來撰寫報導。當然，在各種書寫技巧中，歐美新聞記者最常使用的還是譬喻。

接下來的此篇報導，是華盛頓郵報針對2022年2月在北京舉辦的冬季奧林匹克中，挪威選手表現活躍所撰寫的報導。此篇報導中也出現了相當卓越的譬喻技法。

Even with his national anthem containing the word "rugged," plus the lyric, "Sure, we were not many, but we were enough," and with that **pulmonary superiority** over others forged from lifelong inhalation of frigid air while cross country skiing from ages such as 2, Norway still can win.

(Washington Post, 2022/2/15)

單字註解

national anthem	名	國歌
rugged	形	崎嶇的
pulmonary	形	肺的、肺部的
forge	動	打造、構築
inhalation	名	吸入
frigid	形	嚴寒的

譯文

在他的國歌中甚至包含了「崎嶇」一詞，還有一段歌詞寫著「即使我們人數不多，但已相當充足」。他從兩歲起就開始進行越野滑雪，終生呼吸著冰冷的雪地空氣，因此憑藉其鍛造出卓越的肺部機能，挪威當然能拿下勝利。

挪威為人口數僅有550萬人的小國。即使如此，挪威還是在北京冬季奧運拿下了16金8銀13銅，總計37面獎牌的好成績，展現出他國無法企及的壓倒性實力。

那麼挪威為何如此厲害呢？其原因如同文中所述。因挪威的國民多半從 2 歲開始就從事越野滑雪運動，終生呼吸著冰冷的雪地空氣（lifelong inhalation of frigid air）」，因此獲得了遠勝於他國選手的「卓越肺部機能（pulmonary superiority）」。

這句「卓越肺部機能」的譬喻表現真的非常優秀，這種寫法幾乎不會出現在一般的報紙或雜誌上。因此，我們可以說閱讀新聞英語能有效增進寫作能力，讓自己的語言表達更加豐富多樣。

第 2 章
情感表現
（批評用語及稱讚用語）

首先，我想先介紹新聞英語中經常出現的批判、指責、憤怒、焦慮、感嘆等情感表達用語。如同前面所述，我在上一本書其實有對於這些在新聞英語中常見的情感用語做非常詳盡的描述。不過前作中針對新聞英語的情感表達，僅針對最常見的批評、指責、憤怒等情緒，提到了最具代表性的幾個用法而已。

而實際上，英語報導中會出現的批評與指責等表達用語可謂五花八門，除了之前介紹過的用語外，還有非常多不同的表達方式。我在本書想針對這些前作沒提到的批評與指責用語，多做一點介紹。

基本上，不管是有關政治或經濟的新聞報導，都不太會寫什麼好事，主要是報導對立、紛爭、憎惡、中傷等負面事件。因此在新聞英語中，比起相對中立、中性的單字或語彙，這些批評指責用語反而扮演了更為重要的關鍵角色。我們甚至可以說一個人若能掌握批評和指責用語，就等同掌握了新聞英語。因這些批評和指責用語，簡直就是「新聞英語中的明星」。

我想英語學習者在研讀英文時，大部分都是為了升學考試、英語檢定、多益、托福等而學習。而這種「乖寶寶英文」教材中，幾乎不會出現英語報導、電影，或母語者對話中容易出現的批評與指責用語，這些用語中常常還包含了較為低俗的表達方式。當然，學習考試用的這些「正派英語」也是很重要的。

不過，若我們只學這種教科書上的英語，不用說新聞報導中的

英語，連看電影或跟英語母語者對話都會無法理解語意，更無法跟上對話的內容。若想跳脫這種「乖寶寶英文」的框架，像母語者一樣使用生動而切合情境的英語表達，最有效的方式就是從新聞英語開始著手了。而對於過去看慣了「乖寶寶英語」的學習者來說，剛開始接觸新聞英語時最難以適應的大概就是這些五花八門、花招百出的批評與指責用語了。那麼接下來，我們就來看這些在新聞英語中經常出現的批評與指責用語的實際範例吧。

我在前作中有介紹到的批評、指責用語包含 criticize（批評）、fault（挑毛病）、assail（質問；責罵）、accuse（指控）、pillory（公開辱罵）、condemn（譴責；責難）、lash at（斥責；抨擊）、berate（嚴責）、vitriol（說尖酸苛薄的話）、fume（怒氣衝衝地說話）等等。實際上新聞英語中的批評與指責用語當然遠不止於此，而是有各種多彩多樣的表達方式，很多人在看到英文裡有如此多批評與指責用語時，往往都會被嚇一大跳。

表達嚴厲批評與批判的 roast 和 torch

那麼首先我們來介紹新聞英語中最常出現的兩個表達批評的動詞。也就是 roast 和 torch。roast 和 torch 都有「燒烤」或「點火」的意思，引申為「嚴厲批評」、「強力批判」的意思。這兩個詞都不是非常難的單字，但在升學考試或檢定這種「正統派英語」中，大概不會教到這種延伸用法。

接下來這篇報導主旨是在闡述美國保守黨一篇刊載於紐約時報，名為「Is It Safe to Go Outside?」的報導。因不必要地煽動民眾的不安感，而遭受到美國保守派人士的抨擊。

The New York Times is being **roasted** online for "fear-mongering" over an article questioning whether it is "safe to go outside" this summer. The article, headlined "Is It Safe to Go Outside? How to Navigate This Cruel Summer," was published on Thursday and presents a "guide to determine when it's safe to head out," in light of the recent heat wave, flash flooding and smoke from wildfires experienced across the country.（中略）The piece was **torched** by conservatives online who accused the Times of stoking the fire of climate change fears and recommending people wear masks when the air quality is poor.

(New York Post, 2023／7／23)

單字註解

fear-mongering	名	散佈恐懼
head out	慣	外出
in light of	介片	有鑑於
heat wave	名	熱浪
flash flooding	名	洪水
wildfire	名	野火、森林大火
piece	名	篇（文章）
conservative	名	保守派人士
stoke	動	煽動

譯文

《紐約時報》近日因發表一篇探討今年夏天「外出是否安全」的報導，而被批評為「煽動恐慌」，在網路上引發了廣泛抨擊。這篇文章於週四發表，標題為《外出安全嗎？如何應對這個嚴酷的夏天》，針對近期全國性熱浪、洪水和森林大火煙霧，為讀者提供一份「用來判斷外出是否安全」的指南。（中略）這篇報導遭到保守派人士的嚴厲批評，他們指責《紐約時報》意圖加劇人們對氣候變遷的恐懼，並建議人們在空氣品質不佳時佩戴口罩。

文章開頭即說明紐約時報在網路上「遭受抨擊（being roasted）」。紐約時報為什麼被 roast 呢？文中接著提到，是因為這篇報導對於外出是否安全提出了質疑，在煽動民眾的恐懼（for "fear-mongering" over an article questioning whether it is "safe to go outside" this summer）。

第二段說明了報導的標題與大略內容，並在最後一段闡述了這篇紐約時報的報導因為被認為「意圖加劇人們對氣候變遷的恐懼，並建議人們在空氣品質不佳時佩戴口罩（stoking the fire of climate change fears and recommending people wear masks when the air quality is poor）」，而遭受了保守派人士的強烈批判（was torched）。

另外，單字註解有提到文中的 fear-mongering 意指「散佈恐懼」，其中monger是用來指稱商人，為略帶有一些貶抑意味的用語。例如war-monger指的是熱愛煽動戰爭的「戰爭販子」、hate-monger則指「煽動仇恨的人」，這些詞彙在新聞英語中也經常出現。另外也請各位務必注意到，這邊的fear-mongering在文章最後一段也被換句話改寫為stoking the fire of climate change fears。

表達攻擊、批判的 rip 和 rip into

新聞英語中另外一個經常被用來表達批判、批評之意的動詞是rip。rip 在傳統教科書及各種英語檢定考試中，經常會被用作表達「撕裂」之意。當然對於英語學習者來說，記得它有撕裂的意思也很重要，但只知道這樣是不夠的。這是因為在新聞英語中，rip 比起作為「撕裂」使用，更常被用來表達「強力打擊」、「激烈地攻擊、批判」之意。

接下來要介紹的這篇新聞報導就有提到 rip 一詞，這篇報導描述拜登總統與過去被其稱為國際社會中的「被放逐者（pariah）」沙烏地阿拉伯王儲穆罕默德，在 2023 年 9 月於印度舉辦的 G20 高峰會上相互握手致意一事。

> President Biden bestowed a warm handshake on Mohammed bin Salman, the Crown Prince of Saudi Arabia, Saturday – flashing a big grin while chatting up the man he once **ripped** as an international "pariah."
> The friendly three-way clasp with the prince and Indian Prime Minister Narendra Modi came Saturday at the G20 summit in New Delhi – 14 months after Biden's notorious fist-bump with the de facto Saudi leader, who has been accused of a string of human rights abuses.
>
> (New York Post, 2023 / 9 / 9)

單字註解

bestow	動 贈與、授予
Crown Prince	名 王儲、皇太子
flash	動 出示、顯露（微笑等）
grin	名 露齒笑
pariah	名 被放逐者、世襲階級中的賤民
clasp	動 緊抱、緊抓
notorious	形 惡名昭彰的
de facto	形 實際上的
a string of	慣 一連串

> 💬 **譯文**
>
> 拜登總統週六與沙烏地阿拉伯王儲穆罕默德·賓·沙爾曼親切握手，並在對話間對這位他曾抨擊為國際「棄兒」的人露出了燦爛的笑容。這場三方握手發生在新德里舉行的G20峰會上，拜登與王儲及印度總理納倫德拉·莫迪友好互動。這次會面距離拜登因與這位被指控一連串人權侵犯罪行的沙烏地實質領袖碰拳而遭受各方批評，僅僅只過了14個月。

文章開頭即點出了本文的關鍵內容，即拜登總統給穆罕默德王儲一個「親切的握手（bestowed a warm shake）」。接著描述拜登總統當時「在對話間提到當初被他抨擊為國際『棄兒』的人露出了燦爛笑容（flashing a big grin while chatting up the man he once ripped as an international "pariah"）」。這邊使用到 rip 表達抨擊、批評之意。

接著下一段提到G20的主席國，也是本次高峰會主辦者的印度總理莫迪也與拜登總統、穆罕默德王儲「三方友好地相握（The friendly three-way clasp）」。另外，請各位注意此處的 clasp 與前面出現的 handshake 同為「握手」之意，本文中分別使用不同的形容詞與名詞，將 warm handshake 改寫為 friendly clasp。

我在之前有提到新聞英語非常喜歡換句話表達，接下來介紹的新聞報導中也會經常出現這種修辭方式，請各位讀者邊留意這些重點，邊感受英文的語感。

接著，與 rip 字意相同的還有 rip into 一詞，如以下報導所示，這個詞也經常出現在新聞報導中。這篇報導描述了自由派的知名眾議員亞歷山卓·歐加修·寇蒂茲（暱稱：AOC）在2023年5月嚴酷批判CNN找來川普舉辦市民大會。

> Rep. Alexandra Ocasio-Cortez, D-N.Y., **ripped into** CNN for its town hall with former President Trump on Wednesday night, saying the network "should be ashamed of themselves."
>
> (FOX NEWS, 2023/5/10)

🗨 譯文

紐約州民主黨眾議員亞歷山卓·歐加修·寇蒂茲猛烈斥責美國有線電視新聞網CNN在星期三晚上的市民大會找來前總統川普，並批評CNN「該對自己感到羞恥」。

表達憤怒的 vent over

在描述與前一篇報導相同的內容時，FOX NEWS 則使用了「發洩憤怒（vent over）」來表達亞歷山卓·歐加修·寇蒂茲議員對於川普在CNN的市民大會上得到發言機會的不滿情緒。這邊的 vent over 在語感上跟 rip 或 rip into 稍微有點不同，但可當作近義詞相互替換使用。

037

這邊補充一個資訊，媒體報導中常會將這位亞歷山卓·歐加修·寇蒂茲議員縮寫為前面提到的 AOC，而前面報導中出現的穆罕默德·賓·沙爾曼王儲則會被縮寫為 MBS。

> Ocasio-Cortez was one of many outspoken liberals to **vent over** Trump getting a platform Wednesday night.
> Some protested Collins didn't do enough to fact-check him or was placed in an untenable position given the partisan audience, while others said CNN CEO Chris Licht was nakedly placing ratings above journalism.
>
> (FOX NEWS, 2023/5/10)

單字註解

outspoken	形	直言不諱的
platform	名	舞台、機會
untenable	形	難以防守的、難以維持的
given	前置	考慮到、有鑑於
partisan	形	偏袒特定黨派的
nakedly	副	毫不掩飾地
ratings	名	收視率

💬 譯文

歐加修·寇蒂茲與許多直言不諱的自由派人士一樣，對於川普週三晚間獲得發言機會一事表現憤慨之情。一些抗議者認為，科林

> 斯未能充分進行事實查證，且在面對明顯具黨派傾向的觀眾時無法控制場面。另一些人則批評 CNN 首席執行長克里斯·利希特，認為他公然將收視率置於新聞倫理之上。

另外，這篇報導中受到批評的 CNN 首席執行長克里斯·利希特因舉辦了這場市民大會，而後又遭到知名雜誌亞特蘭大（The Atlantic）爆料其與 CNN 員工間的對立紛爭，最終被迫辭職。

表示猛烈攻擊的 light into

light into 跟前面提到的 rip into 相似，都是表示批判的用語。我們在教科書或英語檢定等「正統英語學習管道」中，大部分都學到 light 是指「點火」之意，不過 light into 指的是「猛烈攻擊」之意，是新聞英語十分常用的詞彙。

以下這篇有用到 light into 的報導，是描述在 2023 年 8 月舉辦的女子足球世界盃中，被視為壓倒性冠軍候補的美國隊出乎預料地連續幾場比賽都表現堪慮，最終與程度遠低於自己的葡萄牙隊打成平手，十分艱難地通過預選賽。

> World Cup analyst and USWNT legend Carli Lloyd **lit into** her former team after the USWNT's 0-0, goal-post aided draw with Portugal sent the two-time defending champions and their

unprecedented three-peat bid into the Round of 16 without a first-place group finish for the first time since 2011.

(NBC NEWS, 2023/8/5)

單字註解

legend	名	傳奇人物
former	形	以前的
unprecedented	形	史無前例的、空前的
three-peat	名	三連霸

💬 譯文

世界盃分析師兼美國國家女子足球隊的傳奇人物卡莉·洛伊德，對於她曾服役過的美國國家女子足球隊在球門柱的幫助下，才勉強與葡萄牙取得零比零平手，成功通過預選並晉級16強一事表達了嚴厲批評。這支隊伍已有兩次冠軍衛冕紀錄，並正試圖爭取三連冠，而這是她們自2011年以來第一次未能以第一名成績通過預選賽。

這位前美國隊主力選手、現任FOX頻道解說員卡莉·洛伊德對美國隊慘烈的比賽表現大發雷霆，而在這篇報導在描述她痛批美國隊時就使用了 lit into（light into 的過去式）一詞。另外也想請各位讀者特別注意這篇文章選用的詞彙，這裡用 "goal-post aided draw" 來描寫「靠著球門柱的幫忙才取得平手」，更用了 "repeat" 的延伸用語 "three-peat" 表達「三連霸」之意。再

040

補充說明一點，USWNT指的是United States Women's National Soccer Team（美國國家女子足球隊）。

混合使用慣用語與動詞

接下來要介紹一篇分別使用了一個慣用語和一個動詞來表達批評、指責之意的混合型報導。這篇報導較舊一點，取自一篇描述2016年美國總統選舉前，共和黨黨內初選階段所舉辦的總統候選人辯論會的報導。報導中提到在這場辯論會上，川普以刻薄發言（caustic remarks）辱罵主持會議的福斯新聞頻道知名主播梅根·凱莉，而其餘候選人則一致批評川普的此番作為。

> Rival Republican presidential candidates **piled on** Donald Trump Saturday for his caustic remarks about a female debate moderator, and the billionaire celebrity candidate backpedaled in an effort to keep his campaign from unraveling.
> Trump blasted Fox News anchor Megyn Kelly during a debate in Cleveland on Thursday when she questioned him about insulting comments he had made about women.
>
> (Reuters, 2015/8/9)

單字註解

candidate	名 候選人
caustic	形 刻薄的、譏諷的
remark	名 發言

moderator	名 主持人
backpedal	動 改變立場、出爾反爾
unravel	動 拆解、破壞
insulting	形 侮辱的

> 💬 **譯文**
> 與川普共同競爭黨內初選的共和黨總統候選人在週六群起抨擊唐納德·川普。因其對辯論會的女主持人出言不遜，且這位知名億萬富翁總統候選人事後又收回發言，以避免自己的競選宣傳崩毀。川普在星期四於克里夫蘭舉行的辯論會上抨擊福斯新聞主播梅根·凱莉，因為她對川普過去做出侮辱女性的發言提出了質疑。

報導開頭提到「與川普共同競爭黨內初選的共和黨總統候選人 "pile on" 川普」。這邊的 pile on 為慣用語。在比較大眾的辭典中，針對 pile on 的語意只記載了以下內容：
1. 誇張的言論
2. 逐漸增加
3. 逐步提供

不過這些語意明顯與文意不合。

其實 pile on 在口語中有「批評人或物（criticize）」的意思，是新聞英語中極常出現的用語，不過許多主流辭典中都未記載上述語意。因此英語學習者若只接觸升學考試或各種英語檢定考試學習會出現的「正統乖寶寶英語」，就會無法理解這些英語母語人士日常普遍使用的表達方式。

文章後段出現的 blasted 這個單字，基本上跟 pile on 語意相同，指「嚴厲批評」之意。也就說，這邊使用了同義詞 blast 來替換掉 pile on。另外也請注意本文中也用了 the billionaire celebrity candidate（知名億萬富翁總統候選人）來代稱川普。

此外，上面這篇報導中有提到因川普在總統候選人辯論會上對女主持人梅根·凱莉出言不遜，遭到其他總統候選人集中火力砲轟，其實這件事還有後續。討論會後CNN詢問川普對凱莉的看法，川普則發表了以下低級的言論。

> Asked about Kelly on a CNN interview on Friday, Trump said: "You could see there was blood coming out of her eyes. Blood coming out of her wherever."

> 🗨 譯文
> 川普在星期五CNN的訪談中被問到有關凱莉的事，他說：「你可以看出她眼睛在流血。她身上其他地方也都在流血。」

川普此段發言非常知名，至今仍有許多美國人記得這段話，其完整展現了川普低級人品的發言，此後也會永存於大眾心中吧。

動詞與慣用語、名詞的混合型

接下來要介紹的這篇新聞報導，混合使用了動詞、慣用語與名詞3種不同的批評與指責用語。這篇報導描述的是民主黨總統候選人嚴詞批評當時總統川普的對中貿易政策。

Democratic presidential hopefuls **hammered** President Donald Trump over his trade war with China in Thursday's debate as fears grow about the conflict shaking the global economy.
The 10 candidates on stage in Houston portrayed an impulsive president with little concrete plan to force Beijing to change what Trump calls unfair trade practices.
Both entrepreneur Andrew Yang and former Housing and Urban Development Secretary Julian Castro called the White House's decisions "haphazard." Sens. Bernie Sanders, I-Vt., and Kamala Harris, D-Calif., **called out** the president's penchant for announcing trade policy through tweet.
The **pile on** shows a field more comfortable with **picking apart** Trump's economic conflict with the world's second largest economy than they were even a few months ago.

(CNBC, 2019/9/12)

單字註解

hopeful	名 有望成為總統的候選人
portray	動 描述、描寫
impulsive	形 衝動的

concrete	形	具體的
haphazard	形	無計畫的、隨意的
penchant	名	嗜好、傾向

> 💬 **譯文**
>
> 隨著民眾對此衝突將撼動全球經濟的恐懼日益加深，於星期四的辯論會上，民主黨總統候選人們對川普的對中貿易戰表達了嚴厲批評。十位總統候選人在休士頓的辯論台上抨擊川普是一位衝動行事的總統，且表示他缺乏實際計劃來迫使北京當局改變其所聲稱的不公平貿易行為。企業家楊安澤和前住房與城市發展部部長朱利安·卡斯楚批評白宮的決策是「無謀的」，而佛蒙特州無黨籍參議員伯尼·桑德斯和加州民主黨參議員賀錦麗則批評這位總統熱愛通過推特公告貿易政策。這些批評聲浪顯示出，這些候選人在批判川普與世界第二大經濟體之間的經濟衝突時，比起前幾個月顯得更加游刃有餘。

第一段使用了 hammer 這個表達批評的用語來描述「民主黨有望的總統候選人們（Democratic presidential hopefuls）」對於川普的「激烈攻擊」。那麼這些人在攻擊什麼呢？其內容即為 over 後面所描述的「川普的對中貿易戰（over his trade war with China）」。接著，在以 The 10 candidates 為開頭的段落，描述了這十位候選人認為川普缺乏「實際計畫（concrete plan）」來改變自己所謂中國的「不公平貿易手段（unfair trade practice）」，且因川普如此不經思考的行動而「將其形容為一位衝動的總統（portrayed an impulsive president）」。

下一段則說明了這些民主黨總統候選人對於川普對中貿易政策的評論。具體來說，楊安澤和朱利安·卡斯楚都認為川普的貿易政策是「即興、毫無計畫的」。後面一句話則使用了 "called out"（批評）這個慣用語，來表達伯尼·桑德斯和後來成為拜登政權副總統的賀錦麗，抨擊川普有在推特上發表貿易政策這種重要決策的癖好。

最後總結段落的開頭，則使用了 "pile on"（批評）這個慣用名詞來表現上述民主黨總統候選人對於川普的批評。希望各位讀者有聯想到，這個 pile on 前面也曾介紹過，當時是作為表達「批判」的動詞使用。回到本文，最終段描述這些民主黨總統候選人對於川普的「批評（pile on）」，展現了他們在批判美國與世界第二大經濟體（中國）的經濟對立關係一事上，比起數個月前更加「游刃有餘（more comfortable）」這邊使用的 "pick apart" 基本上也是跟前述慣用語同義的用法，表達批評或指責之意。也就是說，在這短短一篇新聞報導中，就分別使用了 hammer, call out, pile on, pick apart，總共一個單字、三個慣用語來表現批評與譴責之意。

表達批評的慣用語

前面提到了不少英文中表示批評與指責的用語，最後再向各位讀者介紹一篇報導。這篇報導中在慣用語（went on a fiery tirade）後面直接接了一個意思相同的動詞（accusing），然後還用了另一個慣用語（rail against）來表達批評之意。這篇報導的主題是在川普政權中擔任司法部長的保守派人物傑夫·塞申斯，於華盛頓特區的一場活動中發表演說，猛批大學過度縱容學生。

> Speaking at Turning Point USA High School Leadership Summit at George Washington University in Washington, D.C., Mr. Sessions **went on a fiery tirade accusing** colleges of coddling students. He **railed against** the liberal ideology of safe spaces and grade inflation.
> "Rather than molding a generation of mature, well-informed adults, some schools are doing everything they can to create a generation of sanctimonious, supercilious snowflakes," he said.
>
> (AP, 2018/7/25)

單字註解

tirade	名	長篇的攻擊性演說
coddle	動	溺愛
mold	動	塑造、塑形
mature	形	成熟的
well-informed	形	消息靈通的、見多識廣的

sanctimonious	形	偽善的、道貌岸然的
supercilious	形	傲慢自大的、目中無人的
snowflake	名	玻璃心

> **💬 譯文**
> 在華盛頓特區的喬治華盛頓大學所舉行的美國轉捩點高中領袖高峰會上，傑夫·塞申斯發表了一場嚴厲的演說，抨擊大學過度溺愛學生的現象。他指控自由派的意識形態導致了所謂「安全空間」的氾濫以及成績膨脹問題。他表示：「有些學校不計一切想創造一個偽善、傲慢自大的玻璃心世代，而非塑造一群成熟且見多識廣的成年人。」

塞申斯是由在總統大選中率先表達對川普支持之意的阿拉巴馬州所選出來的保守派參議員，而後因其功勞被任命為川普政權的司法部長。本文中使用表達批評之意的慣用語來闡述塞申斯在華盛頓特區的名校「喬治華盛頓大學」所舉辦的活動中「發表了激烈的長篇攻擊性演說（went on a fiery tirade）」。

那麼這場激烈的演說內容是什麼呢？文中具體說明了 tirade 的內容是「批評大學過分溺愛學生（accusing colleges of coddling students）」，這邊使用了一個表示指責的常見單字 accuse。後面段落描述了賽申斯批評大學提供 safe space（安全空間），並推動 grade inflation（成績膨脹）等，將校園變成了自由思想的象牙塔。這邊使用了新的慣用語 rail against。

做為參考，這邊簡單說明報導中所提到的 safe space 和 grade inflation。首先 safe space 本來是一個正面詞彙，意指「讓人不會覺得被歧視、批評、威脅等，可以自由發表自己意見的場所」。不過這些所謂的自由發言多半是對於川普及保守派人士的批評，導致保守派對於這樣來自學生的批判發言感到厭惡。因此，保守派人士非常看不慣這些大學提供讓學生得以自由表達批判性言論的空間，並對此表達強烈的反對意見。換言之，這邊的 safe space 已經漸漸脫離了字面上的原意，變成一個具有政治色彩的用語。

另外 grade inflation 則是形容美國大學近年對於學生的評分變得更寬鬆，導致過多學生拿到 A$^+$ 或 A 等優秀成績的現象。美國的大學評分中通常以 GPA（Grade Point Average）4.0 為最高分，但近年出現了 GPA 3.5 以上的學生滿街都是的異常狀況。因此，美國大學成績的意義變得與過去不同，現在就算 GPA 有 3.5 以上的好成績，也不再代表這位學生的學業表現優異。此情況即被稱為 grade inflation。

之所以介紹這篇報導，是希望各位留意它在表現批評、指責之意時巧妙地選用了 went on a fiery tirade, accuse, rail against 等多種慣用語與動詞。

接著，下一段以引用文的形式列出塞申斯對於美國大學提出的具體批判內容。他指出這些大學在傾盡全力培育一個「偽善、傲慢且玻璃心的世代（a generation of sanctimonious, supercilious snowflakes）」，而非成熟且見多識廣的成年人。這邊請注意，他在詞彙選擇上用了 sanctimonious, supercilious snowfakes，為使用了頭韻修辭。

另外，此處提到 snowflake 這個單字，並不是指正統英文學習教材中所提到的「雪花」之意。口語表達上，snowflake 指的是「脆弱自戀的人」。一般文學作品、升學考試或檢定考試等教材中出現 snowflake 大概都是指「雪花」，但在英語母語者的對話和文章裡，經常會有「脆弱敏感、自戀的人」之語意。

我想從此事我們也可瞭解到，若我們只努力學習升學考試或各種英語檢定會出現的英語，能接觸到的英文詞彙及用法只會是偌大英文世界中的一小部分而已。

專欄1：批評用語、指責用語是新聞英語的明星

提到批評與指責用語是「新聞英語的明星」，是因為如同字面上所寫的一樣，新聞英語中極常出現這類的詞彙用語。新聞英語的取材多來自於政治、經濟、國際情勢、紛爭及對立等議題，因此這些表達批評、指責的用語勢必會在其中扮演非常重要的角色。

相反的，多益的世界是一個所有事物最終都會順利進行、理想的大同世界，而升學用英文考試與檢定及托福、雅思等正統派「乖寶寶英文」也幾乎都不會使用這些在現實世界中蔚為主流，表達批評與指責之意的用語。

若只學「乖寶寶英文」，會導致學習者無法掌握新聞報導等現實世界中會出現的「粗俗英文」。因此，若各位讀者的目標是讓英文能力達到真正高級程度的話，就一定要多讀涵蓋了「乖寶寶英文」和「粗俗英文」兩種用法的新聞英語。

至此，我們介紹了新聞英語的一大特徵，也就是情緒表達中的批評及指責用語的部分。我在前作中沒能完整介紹完畢，因此在本書中補充說明了幾種表達批評及指責之意的用詞。

這些表達批評及指責之意的用詞是「新聞英語的明星」，會極度頻繁的出現在新聞英語中。若各位讀者能讀完前作與本作內容的話，應該就能掌握大部分新聞英語中常見表達批判與譴責之意的用語了。

表達讚賞的 extoll 和表達稱讚的 admire

前面介紹的都是表達批評跟指責之意的英文用語，接下來要向各位介紹在新聞英語中常用來表達稱讚的語句及用語。

跟身為「新聞英語的明星」，表達批評、指責的用語相比，表達稱讚之意的詞彙出現頻率沒那麼高。不過，稱讚是批評與指責的反面，對我們人類來說也是相當重要的一種情緒。因此我認為在介紹英文用語時只介紹批評與指責，卻不介紹稱讚是不夠的。批評、指責一定要和稱讚放在一起討論，才能完整介紹到英文中表達情感的用語。

在表達稱讚的用語中，我最先要介紹的是 extoll 和 admire 兩個動詞。這兩個動詞都是「稱讚」的意思，不過與 admire 相比，extoll 稱讚的強度更高，可以解釋為「激賞」。

接下來這篇報導與創業家伊莉莎白·霍姆斯有關，她年紀輕輕即成立了一間名為 Theranos 的血液檢查新創公司，一時聲名大噪，被稱作「時代的寵兒」。霍姆斯所創立的 Theranos 市場估值（valuation）曾一度突破 90 億美元的天價，但其後這間公司的血液檢查技術被發現有明顯缺陷，霍姆斯也因詐欺罪遭到起訴，最終被判處監禁。這是一個美國常見的時代寵兒一夕間淪為過街老鼠的事件。

More than 100 people wrote letters in support of Holmes for her sentencing memo, including former employees, investors and even New Jersey Sen. Cory Booker, who said he met Holmes years before she was charged.（中略）
Holmes's partner Evans also wrote to the judge, seeking to describe a different Holmes than had been portrayed in the media. He **extolled** her "willingness to sacrifice herself for the greater good is something I greatly **admire** in her."

(Washington Post, 2022/11/18)

單字註解

sentencing	名 判決
former	形 以前的
charge	動 起訴
seek	動 尋求
portray	動 描寫、描述
willingness	名 意願
sacrifice	動 犧牲

譯文

超過百人寫信支持霍姆斯，這些信件被納入判決備忘錄中，其中包括她的前員工、投資人，還有紐澤西州參議員柯瑞·布克。布克表示，他在霍姆斯被起訴之前數年便已與她相識。（中略）

> 霍姆斯的伴侶伊凡斯亦寫信給法官，試圖呈現出一個與媒體形象截然不同的霍姆斯。他在信中讚揚道：「我非常敬佩她願意犧牲自己，以成全大局的精神。」

我們來仔細看這篇報導，前面提到霍姆斯的事件是「時代寵兒一夕淪為過街老鼠」的故事，不過讀了這篇報導我們會發現，其實霍姆斯也有不少支持者。如同報導開頭所述「超過百人在判決前寫信給霍姆斯表達對她的支持，這些信被收進了判決備忘錄中（More than 100 people wrote letters in support of Holmes for her sentencing memo）」。

接下來提到，在這些寫信的支持者中，包含了她所成立的 Theranos「前員工、投資人，還有紐澤西州的參議員柯瑞·布克（including former employees, investors and even New Jersey Sen. Cory Booker）」。另外，霍姆斯的伴侶比利·伊凡斯也是支持者的一員，他為表達對霍姆斯的支持，用寫信來「呈現出一個與媒體形象截然不同的霍姆斯（Evans also wrote to the judge, seeking to describe a different Holmes than had been portrayed in the media）。

伊凡斯是如何描述霍姆斯的呢？他「讚揚（extolled）說自己非常敬佩霍姆斯願意犧牲自己以成全大局的精神（willingness to sacrifice herself for the greater good is something I greatly admire in her）」。報導中使用了兩個動詞表達伊凡斯對霍姆斯的稱讚。

如同前面所述，extoll 指的是「激賞」，語感上比 admire 更加強烈，但兩者基本上意思相近，因此讀者可將此處出現的兩個動詞視為新聞英語最喜歡的「抽換詞面」修辭。

那麼，各位讀者有注意到這篇報導中還有另一組詞彙抽換嗎？文章後半段以 Holmes's partner Evans 開頭的句子中，describe 和 portray 基本上語意相同，這也是典型的新聞英語抽換詞面範例。

表達稱讚與歡迎的 hail

接下來介紹 hail 這個表達稱讚的用語。這個動詞也是「稱讚」、「歡迎」之意，經常出現在新聞英語中。以下是一篇描述拜登政權對韓國尹錫悅總統主動做出行動改善日韓關係一事，表達歡迎之意的新聞報導。

> President Biden, whose administration has been quietly pushing for a closer trilateral relationship, **hailed** what he called a breakthrough "in cooperation and partnership between two of the United States' closest allies."
>
> (Washington Post, 2023/3/7)

單字註解

administration	名 政府、行政機構
push for	慣 推進
trilateral	形 涉及三方的

breakthrough　　　　名 突破
ally　　　　　　　　名 同盟

> 💬 **譯文**
> 執政期間持續低調推進三方關係的拜登總統，稱「兩個美國最親密同盟國的合作夥伴關係」有了重大的進展，並對此表達了讚賞之意。

讓我們來看看這篇報導。文章開頭即提到主詞「拜登總統」，並在後面追加插入句，對拜登政權做出補充說明，提到他們「持續低調地推進三方的緊密關係（whose administration has been quietly pushing for a closer trilateral relationship）」。接著提到拜登總統「稱兩個美國最親密同盟國的合作夥伴關係有了重大進展，並對此表達讚賞之意。（hailed what he called a breakthrough "in cooperation and partnership between two of the United States' closest allies.)」。

另外這篇報導中也有出現新聞英語常見的特徵「抽換詞面」。各位讀者有注意到嗎？其實就是"two of the United States' closest allies"這句話。這段話的意思是「美國最親密的兩個同盟國」，實際上是用來代指日本與韓國。

若是臺灣媒體的報導，這邊應該會具體寫出「日韓兩國」，不過在美國的報導中，則使用了「美國最親密的兩個同盟國」來代

稱。作者換句話說，基本上是希望能達到修辭上的效果，同時也能向讀者傳達出日韓兩國即為「美國最親密的兩個同盟國」之資訊。

表示稱讚的 commend

接下來要介紹 commend 此動詞。這也是新聞英語中經常出現用來表示稱讚的詞語。這篇報導描述美國教育部啟動了對於哈佛大學「傳承入學制度」的調查，此決策得到了以黑人為中心的全國有色人種協進會 NAACP（National Association for the Advancement of Colored People）執行長的讚許。

> Opening a new front in legal battles over college admissions, the U.S. Department of Education has launched a civil rights investigation into Harvard University's policies on legacy admissions.（中略）
> NAACP President and CEO Derrick Johnson said he **commended** the Education Department for taking steps to ensure the higher education system "works for every American, not just a privileged few."
>
> (AP, 2023/7/25)

單字註解

front	名	（戰爭）前線
admission	名	准許進入
launch	動	啟動、發起
civil rights	名	公民權
investigation	名	調查
higher education	名	高等教育
privileged	形	享有特權的

> **譯文**
>
> 美國教育部對哈佛大學的傳承入學制度展開民權調查，為大學入學制度的法律論爭開闢了新戰線。（中略）
> 全國有色人種協進會會長暨執行長德里克·強森表示，他十分讚許教育部採取實際行動，來保障高等教育體制是「服務每一位美國公民，而非少數特權人士」。

報導開頭提到「為大學入學制度的法律論爭開闢了新戰線（Opening a new front in legal battles over college admissions）」。由於在這篇報導刊登前不久，美國最高法院才對哈佛大學及北卡羅萊納州立大學兩間學校，在大學入學審查中採用考慮人種等因素的平權行動（Affirmative action）做出違憲判決。報導中提到，在最高法院判決後，教育部也針對從過去就受到強力批判聲浪的「哈佛大學傳承入學制度展開民權調查（the U.S. Department of Education has launched a civil rights investigation into Harvard University's policies on legacy admissions）」。

所謂的傳承入學制度，是指當祖父母等祖輩或父母是同一間大學的畢業生時，其子女相較於其他學生有更高的機率能得到入學許可。這是美國大學的特色入學制度，除哈佛大學外，全美多間名校都有類似制度。前面有提到，這種容易帶有種族歧視色彩、易造成白人獲得優先入學機會的傳承入學制度，從過去就一直受到自由派人士及黑人團體等族群的強烈批評。此次以最高法院判決大學入學審查中的平權行動違憲為契機，美國教育部也啟動對於傳承入學制度的調查。

而長期批判傳承入學制度的美國有色人種團體NAACP自然非常樂見教育部展開相關調查。因此得知該消息的NAACP執行長德里克·強森才會「讚許教育部採取實際行動，來保障高等教育體制服務每一位美國公民，而非少數特權人士（he commended the Education Department for taking steps to ensure the higher education system "works for every American, not just a privileged few."）」。

表達高度讚賞的兩個動詞 laud 和 effuse

接下來要介紹的這篇報導使用laud和effuse兩個表達稱讚的動詞。報導內容是對於在美國國務院服務多年的外交官理查德·吉·奧爾森的高度讚揚。

> When Richard G. Olson Jr. retired from the State Department in 2016, he was **lauded** by colleagues for an illustrious, 34-year career that included high-profile postings as the U.S.

059

ambassador to Pakistan and the United Arab Emirates, as well as risky assignments in Iraq and Afghanistan. "Rick is quite simply one of our most distinguished diplomats," then-Secretary of State John F. Kerry **effused** in a statement.

(Washington Post, 2023/9/9)

單字註解

State Department	名	美國國務院
colleague	名	同事
illustrious	形	卓越的、著名的
high-profile	形	引人矚目的
posting	名	派駐
assignment	名	任務
distinguished	形	傑出的
diplomat	名	外交官
statement	名	聲明

譯文

理查德·吉·奧爾森在2016年自美國國務院退休的時候，以其34年外交官生涯期間的卓越事蹟受到同事的高度讚揚。他在任期間曾受指派，出任眾所矚目的美國駐巴基斯坦大使及阿拉伯聯合大公國大使等職位，也曾受命前往伊朗及阿富汗等危險地區。當時的國務卿約翰·福·凱瑞曾盛讚道「理查德是美國最傑出的外交官之一」。

這篇報導的主角理查德·吉·奧爾森是一位長年服務於美國國務院的外交官。文中提到他在2016年自國務院退休時，「因其34年外交官生涯期間的卓越事蹟受到同事的高度讚揚。他在任期間曾受指派出任眾所矚目的美國駐巴基斯坦大使及阿拉伯聯合大公國大使等職位，也曾受命前往伊朗及阿富汗等危險地區。（he was lauded by colleagues for an illustrious, 34-year career that included high-profile postings as the U.S. ambassador to Pakistan and the United Arab Emirates, as well as risky assignments in Iraq and Afghanistan）」。這邊使用了laud此字。

接著，當時的國務卿約翰·福·凱瑞又「盛讚（effused）」道「理查德是我國最傑出的外交官之一（Rick is quite simply one of our most distinguished diplomats）」。這邊用來表達稱讚的動詞effuse通常是指「湧出」、「散發」之意。也就是說這個詞並不一定都為表示稱讚之意。這邊是使用effused來形容 effused praise（表達讚賞）的意思。

而這篇新聞的主角奧爾森近期被連續爆料在出任外交官時，曾私受杜拜皇室約價值6萬美金的寶石未向美國國務院報告，出任巴基斯坦大使時又與巴基斯坦女性發生婚外情等醜聞，最終被判處3年緩刑及約9萬美元的罰款。

表達盛讚的 lionize

最後一個要介紹表達稱讚用的動詞是 lionize。此動詞是指「盛讚、吹捧」，跟之前介紹的動詞在語意上有些微差異，但各位基本上可將它當作同一類表達稱讚用的動詞即可。下面介紹的報導，描述俄軍在烏克蘭戰爭中喪失大量戰車，導致陷入苦戰。

> Ukraine's military said Russia lost at least 1340 tanks and armored personnel carriers in the battle, though that figure could not be independently verified.
> The Russian military has **lionized** tank warfare since World War II, and Russian military bloggers have posted screeds blaming generals for the failures of the tank assaults.
> (New York Times, 2023/3/2)

單字註解

at least	慣	至少
armored personnel carriers	名	裝甲運兵車
independently	副	獨立地
verify	動	證實
warfare	名	戰爭、作戰
screed	名	冗長的文章
general	名	將軍
assault	名	攻擊

> 💬 **譯文**
>
> 烏克蘭軍方表示,俄軍在戰役中損失了至少1340台坦克車和裝甲運兵車,但確切數字尚未經過獨立驗證。俄軍自二戰以來便高度推崇坦克戰,而俄羅斯的軍事部落客也撰寫長篇文章將坦克攻擊的失敗歸責於將領身上。

報導中引用烏克蘭軍隊的發言,表示「俄羅斯至少在戰鬥中損失了1340台坦克車與裝甲運兵車(Russia lost at least 1340 tanks and armored personnel carriers in the battle)」。另外此處提到 armored personnel carriers 是一種戰車,指的是非戰鬥用,且主要是用來輸送士兵的戰車。後面提到「這個數字尚未經過獨立驗證(though that figure could not be independently verified)」。這邊用的 independently 一詞,指的是此數據尚未由與烏克蘭當局沒有利害關係的其他機構「獨立」進行驗證。

本篇報導的第一段描述了俄軍失去了大量戰車陷入苦戰的狀況,而俄軍為何會失去如此多台戰車呢?文中接著說明了其中一個理由。報導內提出的理由為「自第二次世界大戰以來,俄軍高度推崇坦克戰(The Russian military has lionized tank warfare since World War II)」,此處使用 lionize 這個表達讚賞的詞彙來形容俄軍極度尊崇戰車作戰,將其視為最優秀的作戰方式。要表達俄軍對坦克戰的推崇,使用 lionize 此動詞再適合不過了。

名詞 praise 1：heap praise on

我們上面介紹了幾個新聞英語中常用來表達稱讚的動詞，接著想向各位介紹一些由「動詞＋名詞」或「動詞＋形容詞＋名詞」組合而成的表達稱讚方式。

第一個是 heap praise on 這個用法。praise 本身即可當動詞使用，是一個典型表達稱讚的單字，但它也經常被當名詞使用。在新聞英語中，praise 比起動詞，可能更常作為名詞出現。以下這篇報導就是很好的例子。

這是在 2022 年 11 月美國期中選舉後發佈的報導，川普所支持的多位候選人在這場選舉中敗北，加上共和黨未能如選前預想有大幅進展，導致過往支持川普的福斯新聞頻道等保守派媒體加快了與川普切割的速度。其實福斯電視頻道也並未完全斷絕與川普的關係。即使不像過去一面倒地支持川普，仍與他保持若即若離的關係，並在選後即時轉播了川普的演說。

> Fox's live coverage of Trump's speech is notable, given signs of a shift away from the former president at the network for months and the criticism he has faced from a number of other conservative media entities owned by media mogul Rupert Murdoch.

Murdoch's outlets have also **heaped praise** on Florida Gov. Ron DeSantis(R) in the wake of last week's midterm elections.

(The Hill, 2022/11/15)

單字註解

live coverage	名 現場報導
notable	形 顯著的、值得注意的
given	前置 考慮到…
entity	名 實體
mogul	名 大人物、權貴
outlet	名 媒體管道
in the wake of	慣 隨…而來
midterm election	名 期中選舉

譯文

考慮到福斯新聞頻道過去幾個月來對前總統川普有逐漸疏遠的跡象，且媒體大亨魯柏・梅鐸旗下多家保守派媒體也對川普做出批評，這次福斯新聞頻道決定現場直播川普的演說一事，顯得格外引人注目。此外，梅鐸旗下的媒體在上週的期中選舉後，也對身為共和黨的佛羅里達州州長隆恩・迪尚特表達了高度讚揚。

報導中首先提到了福斯電視台直播川普演講一事是「引人注目的（notable）」。那麼為什麼直播川普的演講「引人注目」呢？其理由寫在用來表示「考慮到…」的前置詞given後面。（請

各位記得新聞英語會不斷追加資訊）具體原因在於「過去數個月期間，福斯新聞頻道有逐漸疏遠前總統川普的跡象，且媒體大亨魯伯·梅鐸旗下的多家保守派媒體也都對川普做出批評（given signs of a shift away from the former president at the network for months and the criticism he has faced from a number of other conservative media entities owned by media mogul Rupert Murdoch）」。因為這個前提，這篇報導才會說與川普保持距離的福斯電視台直播川普的演講內容是「引人注目的」。

另外如同報導中提到的 a number of other conservative media entities owned by media mogul Rupert Murdoch，除了福斯新聞頻道外，華爾街日報及紐約郵報也都是這位美國的媒體大亨梅鐸底下的保守派媒體公司，而這些媒體也都對川普表達了批評。由於川普聲勢逐漸下滑，福斯新聞頻道當時轉而關注人氣暴漲的佛羅里達州州長隆恩·迪尚特。這邊在表達「梅鐸旗下的媒體在上週期中選舉後，也對身為共和黨的佛羅里達州州長隆恩·迪尚特表達高度讚揚。（Murdoch's outlets have also heaped praise on Florida Gov. Ron DeSantis (R) in the wake of last week's midterm elections）」的時候，使用了"heaped praise on"這個加入了名詞 praise 的慣用表達方式來形容。

但迪尚特後來熱度趨緩，原本有望與川普一決高下的聲勢也全數消退。他最終在共和黨黨內初選的第一站，也就是愛荷華州的黨團會議中敗給川普，而後便早早退出總統選戰。

名詞 praise 2：shower praise on

接下來介紹的這篇報導使用了"shower praise on"這個用法，它與 heap praise on 語意相近，只是用 shower 取代了 heap。heap 是指「堆積」之意，所以 heap praise on 指「大量堆積讚賞」，也就是「高度讚揚」的意思。而相同的，shower praise on 也是指「在對方身上澆滿讚賞」，也就是「讚不絕口」之意。

下面要介紹的這篇報導為描述民主黨在 2022 年 11 月舉行的期中選舉中，大爆冷門拿下好成績，不久後也因贏得喬治亞州的參議員決選，讓民主黨在議院中成功過半，拿到 51 個席次。

> Majority Leader Chuck Schumer took an emotional victory lap on Wednesday after Democrats won the Georgia runoff and secured an outright majority with a 51st Senate seat.
> The New York Democrat said he was "brought to tears last night" watching Sen. Raphael Warnock, D-Ga., in his reelection victory speech, talk about how his mother went from picking cotton and tobacco as a teenager to picking her son to be a U.S. senator. He **showered praise on** Warnock for an "inspiring" campaign.
>
> (NBC NEWS, 2022/12/8)

單字註解

victory lap		名	獲勝後繞場一圈慶祝勝利
runoff		名	決選投票
secure		動	獲得、保證
outright		形	全部地、徹底地、無保留地
bring to tears		慣	流淚
inspiring		形	鼓舞人心的

譯文

週三民主黨於喬治亞州的參議員決選中取得勝利，確保該黨於參議院取得第51個席次，佔絕對多數後，參議院多數黨領袖查克·舒默激動地對這場勝利表達了慶祝之情。這位來自紐約的民主黨員表示，前一晚在觀看參議員拉斐爾·華諾克所發表的決選勝選演說時，聽到華諾克提及自己的母親過去曾於青少年時期勞動採收棉花和菸草，如今能投票給自己的兒子作為美國參議員時，他「感動得淚流滿面」。舒默對於華諾克這場「激勵人心」的選戰表達高度讚賞。

報導開頭描述民主黨參議院領袖繼參議院總務查克·舒默在該黨贏了喬治亞州決選，得到51席過半數議會席次後"took an emotional victory lap"。victory lap 為在運動比賽等賽事中，獲勝選手拿著國旗等代表物，繞場一圈作為慶祝的動作。此篇報導使用了"victory lap"一詞比喻民主黨在期中選舉後維持席次過半的成績，讓舒默感到非常光榮並展現出興高采烈的樣子。下一段則以"The New York Democrat"來代稱舒默，說他在看到喬治亞州參議員拉斐爾·華諾克在決選勝選演講中「提及自己

的母親過去曾於青少年時期勞動採收棉花和菸草，如今能投票選擇自己兒子作為美國參議員（talk about how his mother went from picking cotton and tobacco as a teenager to picking her son to be a U.S. senator）」之後不禁落淚（brought to tears）。

報導此處提到了 picking cotton and tobacco 跟 picking her son to be a U.S. senator 兩個動作，這邊使用了同一個動詞 pick 來表示兩個截然不同的意思，是一種巧妙的修辭用法。picking cotton and tobacco 用的是 pick 一般常見的詞意，指「採收」。而在 picking her son to be a U.S. senator 這段話裡的 pick 則表示「投票選擇候選人」之意。

希望各位在讀新聞英語時，務必要特別注意這些記者費盡心思，精心雕琢的詞彙選擇。本篇報導的最後，使用了慣用語「高度讚揚（showered praise on）」來形容舒默對於華諾克贏得這場「鼓舞人心（inspiring）」的精彩選戰。

名詞 praise 3：offer profuse praise

我們前面介紹了使用到名詞 praise 表達讚賞的兩個慣用語 heap praise on 和 shower praise on。除了以上這些慣用語外，還有一種表達方式是在 praise 前面加入形容詞，組成「動詞＋形容詞＋praise」的結構，此處介紹使用了這種結構的用法。

接下來是一篇有關曾擔任拜登總統第一位幕僚長羅恩·克蘭的文章，是華盛頓郵報在他結束兩年任期卸任後所發佈的報導。這篇報導使用了 offered profuse praise 這個用法，來表達拜登總統

對於克蘭的極高評價。

> In his statement Friday, Biden **offered profuse praise** for Klain, calling him "a once-in-a-generation talent with a fierce and brilliant intellect" as well as someone with "a really big heart."
>
> (Washington Post, 2023/1/27)

單字註解

profuse	形 豐富的、充沛的
once-in-a-generation	慣 一個世代中僅有一人的
fierce	形 極度的、猛烈的
intellect	名 智力

譯文

拜登在星期五的聲明中對克蘭表達了高度讚揚，形容其為「一代難得的人才，並擁有極度聰慧的才智」，同時也「擁有一顆寬容的心」。

如同單字註解提到的，profuse 指的是「豐富的」或「充沛的」，因此 offer profuse praise 即指「提供充沛的稱讚」，也就是「盛讚」的意思。那麼拜登如何「盛讚」克蘭呢？他給予克蘭極高的評價，說對方「不只是一位心胸寬大的人（someone with a really big heart）」，也是「一代難得的人才，擁有極度聰慧的才智（a once-in-a-generation talent with a fierce and brilliant intellect）」。

順帶一提，克蘭在拜登擔任副總統時即任其幕僚長達5年之久，從過去就與拜登關係密切。據稱即使在他卸任總統幕僚長後，他仍是拜登最信賴的人物之一。

表達稱讚的慣用語1：pay tribute to

除了單獨的動詞外，也有些用語會使用「動詞＋名詞」的組合來表達稱讚之意。而其中最常被用於新聞英語中的慣用語之一即是pay tribute to。

接下來是一篇有關2022年12月於卡達舉辦的世界盃足球賽報導。克羅埃西亞的選手在和於16強賽一路過關斬將的日本隊對戰前，向日本隊在賽場上的表現表達了讚賞。

> Before Monday's last-16 match against Japan, Croatia midfielder Lovro Majer had **paid tribute to** what the Samurai Blue had done at this World Cup.
> "They showed that it is not names that are playing, but what is more important is heart and courage. They deserved this and showed their quality," Majer said, per Reuters.
>
> (CNN, 2022／12／5)

單字註解

tribute	名	敬意、尊崇
deserve	動	值得
per	前	根據、透過

譯文

在週一對戰日本的16強最後一場比賽前，克羅埃西亞中衛洛夫羅·馬耶爾大肆讚揚了「藍武士」在本屆世界盃上的表現。根據路透社報導，馬耶爾表示「日本隊證明了在賽場上比起名氣，真心與勇氣更為重要。他們值得這個戰績，也在場上展現出他們的實力。」

報導第一段提到「在週一對戰日本的16強最後一場比賽前（Before Monday's last-16 match against Japan）」，「克羅埃西亞中衛洛夫羅·馬耶爾大肆讚揚了「藍武士」在本屆世界盃上的表現（Croatia midfielder Lovro Majer had paid tribute to what the Samurai Blue had done at this World Cup）」。接下來的這段話，則實際寫出了馬耶爾對於日本隊的稱讚內容。他說日本隊「證明了名氣不重要（it is not names that are playing）」，「更重要的是真心與勇氣（but what is more important is heart and courage）」。

最後，馬耶爾緊接著又說，他們是值得16強這個稱號的隊伍，並在賽場上展現了他們的實力（They deserved this and showed their quality）。另外，文末per Reuters的per如同單字註解所

述，指「根據」、「透過」之意。一般來說，per較常被當作「每個…」的意思來用，請各位特別注意它還有其他語意。

表達稱讚的慣用語2：
make complimentary remarks

接下來想跟各位介紹另一種詞性組合是「動詞＋形容詞＋名詞」的稱讚用語。make complimentary remarks這個慣用語即是其中一例。complimentary的意思是「恭維的」、「讚美的」，因此make complimentary remarks即為「表達稱讚的話語」，也就是「讚美」、「稱讚」的意思。

接下來要介紹的是一篇有關川普決定再次參選總統，並討論要選誰當副手的報導。川普過去擔任總統時的副總統是麥克·彭斯，但彭斯在2021年1月6日發生的國會山莊襲擊事件後與川普的關係明顯惡化，導致川普即使再度參選總統，彭斯也不太可能會再成為副總統候選人。這篇報導即是在這樣的背景下撰寫的。

In Pence's place, Trump's inner circle believes an ideal No. 2 would embody at least some of Pence's attributes – absolute subservience and a willingness to spout the Trump line, both publicly and privately, no matter how outrageous.
Trump has **made complimentary remarks** recently about Sen. Tim Scott (R-S.C.) and South Dakota Gov. Kristi L. Noem (R).

(Washington Post, 2022/11/15)

單字註解

in one's place	慣 代替某人
embody	動 體現、展現
at least	慣 至少
attribute	名 特質、特性
subservience	名 恭順、屈從
willingness	名 意願
spout	動 滔滔不絕地說
outrageous	形 駭人的、令人髮指的

譯文

川普的核心幕僚認為，一位理想的「第二把交椅」應要能取代彭斯的位置，並展現出彭斯的部分特質——絕對的順從，並能在公開與私人場合都滔滔不絕地宣揚川普的論述，不論其內容有多麼驚人。川普近期曾對南卡羅萊納州共和黨參議員提姆·史考特及南達科他州州長克里斯蒂·諾姆表達嘉許。

這篇報導中提到，要取代彭斯成為副總統候選人，應具備「彭斯的部分特質（some of Pence's attributes）」。後面實際舉出了兩種特質，包含「絕對的順從（absolute subservience）」以及「不管川普的言論多麼荒謬，都能在公開及私人場合滔滔不絕地宣揚其論述（willingness to spout the Trump line, both publicly and privately, no matter how outrageous.）」。結尾部分則提到，在具備這些潛在特質的副手人選之中，川普曾「稱讚（made complimentary remarks）」提姆·史考特及克里斯蒂·諾姆兩人。後來提姆·史考特自己曾出馬參選共和黨總統候選人，但早早退出選戰轉為支持川普。他是穩健派的黑人政治家，選區為南卡羅萊納州，對川普來說是於選戰中能同時拿下黑人選票及南卡羅萊納州選票的關鍵人物。

表達推崇的用語

在本章最後，我想介紹幾個表達對他人的讚賞已經超越稱讚程度，變成「推崇、追隨態度」的用語。

我想各位讀者不管再如何認真準備彬彬有禮的升學考試及英語檢定考，大概也不會學到這種表達推崇的用語。因為像這種「不正經的英語」，在「正規的」英語考試中會被視為不適合放入教材中，而在課堂上也會被避而不談。

不過真實世界不是完美無缺的，並不是像多益考試所呈現出的理想大同世界。如同本章提到了不少表達批評與指責的用語，這世界上的惡其實遠多於善，若我們不去學習這些表達負面事物的用語，就無法達到真正的高級英文水準。而不管是正面或負面詞彙，若要學習這些適用於現實世界的英文，就要讀新聞英語。

接下來帶各位實際來看當對一個人的讚賞已經超越稱讚成為推崇時，該用什麼用語來表達。我選的這篇是川普擔任總統時的報導。當時川普身邊的所有人都對他表現出諂媚奉承的推崇態度。其中最推崇川普的即是當時的副總統彭斯。如前面所提及，彭斯在2021年的國會山莊襲擊事件與川普決裂，但在事件前，他展現出的忠誠與崇拜可說是無人能及。接下來這篇報導就生動地描繪出了彭斯對川普的崇拜。

Pence has compared Donald J. Trump to Ronald Reagan and Theodore Roosevelt, and the **accolades** only go north from there. Pence's vice presidential **hyperbole** was on early display when the Trump administration celebrated passage of the tax bill. At a Cabinet meeting and an afternoon event with Trump and Republican legislators, Pence **extolled** the President at length, on camera, with **flattery** that would have embarrassed most givers and receivers of **compliments**, including presidents and vice presidents of the past. Some in the press noted that Pence praised Trump every 12 seconds during a three-minute stretch of the Cabinet meeting. Pence's performance has prompted adjectives such as **fawning, groveling, toadying, and sycophantic**.（中略）

His **obsequious** behavior toward his boss raises troubling questions. The greatest worry about the **sycophantic** aspects of Pence's behavior is what it suggests about the operation of the presidency and the vice presidency. Once derided as superfluous, the vice presidency has become a more important part of the daily work of the modern presidency.

(CNN, 2018/5/10)

單字註解

accolade	名	讚美、盛讚
hyperbole	名	誇張的語句
passage	名	通過

Cabinet meeting	名	內閣會議
extoll	動	讚頌
at length	慣	詳盡地、長久地
flattery	名	奉承
compliment	名	讚美
toady	動	諂媚、奉承
sycophantic	形	說奉承話的、拍馬屁的
troubling	形	令人煩惱的
deride	動	嘲弄
superfluous	形	多餘的

💬 譯文

彭斯曾將唐納德·傑·川普比做羅納德·雷根與西奧多·羅斯福，而後他對川普的讚譽更加誇張。彭斯身為副總統對川普的過度吹捧，早在川普政府慶祝通過稅務改革法案時就已展現。在與川普及共和黨議員共同出席內閣會議及午後活動時，彭斯在鏡頭前娓娓道出對川普的讚美，話語間的奉承之意足以讓大多數的讚美者與被讚美者相形失色，就連過去所有的總統與副總統都難以匹敵。部分報導指出彭斯在內閣會議的三分鐘發言內，每12秒便稱讚川普一次。而他此番行為也被形容為奉承、卑躬屈膝、諂媚、拍馬屁。(中略)

他對川普此番諂媚行徑也導致了一些疑慮。最大的隱憂即是彭斯拍馬屁的行為反映了總統與副總統平常的合作模式。副總統在過去曾被嘲諷為多餘人物，但如今在現代總統的日常工作中，其扮演的角色變得更加重要。

● 報導前半

文章開頭提到彭斯將川普「比做羅納德·雷根與西奧多·羅斯福（compared Donald J. Trump to Ronald Reagan and Theodore Roosevelt）。而後說「這些稱讚逐漸變得越來越誇張（the accolades only go north from there）」。這邊提到的 go north 與 increase 同義，為「增加」、「提升」的意思。而與其相反的 go south 則是指「減少」，此用法在報導中常用於形容股價等事物。

那麼彭斯「作為副總統對川普的過度吹捧（vice presidential hyperbole）在哪裡「展現（on display）」呢？報導中提到是在「川普政府慶祝稅制改革通過時（when the Trump administration celebrated passage of the tax bill）」。更精準一點來說，彭斯對川普的吹捧發生在「與川普及共和黨議員共同出席內閣會議及午後活動之時（At a Cabinet meeting and an afternoon event with Trump and Republican legislators）」，當時「彭斯在鏡頭前娓娓道出對川普的讚美，話語間的奉承之意足以讓大多數的讚美者與被讚美者相形失色，就連過去所有的總統與副總統都難以匹敵（Pence extolled the President at length, on camera, with flattery that would have embarrassed most givers and receivers of compliments, including presidents and vice presidents of the past.）」。

我想某些讀者有注意到，這邊我用粗體字標出來的 accolades, hyperbole, extolled, flattery, compliments 都是表達稱讚或讚頌的意思。不過要請各位注意，hyperbole 嚴格來說是指「誇張」之

意，這邊被用作「誇大其辭的稱讚」。

●報導後半
後半段使用了一連串用來表達推崇的形容詞。包含 fawning, groveling, toadying, sycophantic, obsequious 這五個形容詞，每一個都是「奉承諂媚」、「拍馬屁」、「推崇」的意思。

後半段開頭提到「參與這場內閣會議的部分媒體，指出彭斯在內閣會議的三分鐘發言內，每12秒便稱讚川普一次（Some in the press noted that Pence praised Trump every 12 seconds during a three-minute stretch of the Cabinet meeting）」。報導中將彭斯此番行為稱作「表演（performance）」，並形容其「激發（prompt）」、讓人聯想起 fawning, groveling, toadying, sycophantic 等形容詞。接下來報導又換了個形容詞，用 obsequious 來呈現彭斯對川普的奉承諂媚。後面的句子又用到 sycophantic 此形容詞，強調了對此事的批判。

第 3 章
趣味性與文字遊戲

在本章，我想介紹英語新聞報導中常見的幽默感與文字遊戲。在臺灣，若報紙上出現語帶幽默的報導，容易被認為不夠正經，因此臺灣幾乎沒有這種報導內容。但歐美主流媒體的報導中，卻經常會出現此類帶有幽默感或玩文字遊戲的內容。

正因臺灣的新聞報導中少有這種充滿幽默風趣及文字遊戲的內容，因此還沒習慣閱讀英語報導的讀者一開始在看這些內容時，可能會因為看到此類前所未見的寫法而嚇一大跳。但只要持續閱讀下去，各位也會慢慢習慣新聞英語的風格。我剛開始讀英語報導時也多少不太習慣，不過現在讀起這些充滿幽默趣味與文字遊戲的報導時，甚至會比讀一般報導看得更開心。

purrfect day 是「完喵的一天」

第一篇想向各位介紹的是這篇關於8月8日「國際貓貓日」，帶有童趣的英文報導。首先要在英文中表達幽默感，最直觀的一個方法就是「諧音梗」。

> We hope you're ready because today is the most **purrfect** holiday of them all. Today, August 8th is International Cat Day 2023! If you forgot, or perhaps didn't know about this joyous occasion, don't worry – we're here to give you a primer on this adorable holiday.
>
> (USA TODAY, 2023/8/8)

單字註解

joyous	形 歡快的
occasion	名 場合
primer	名 入門書、初階讀本
adorable	形 可愛的

💬 譯文

今天是最「完喵」的假期，希望大家都準備好了。今天，也就是2023年8月8日，是國際貓貓日！若您忘了或根本不知道這個歡樂節日的存在也別擔心，我們為您準備了有關這個萌萌假期的入門資訊。

這篇報導用到的英語與內容都相對平易近人，我想應該不用再多加補充說明。唯一要請各位注意的是文中使用了 purrfect 而不是 perfect 一詞。英文中實際上不存在 purrfect 這個字。

不過如上所述，這是一篇關於「國際貓貓日」的報導，而 purr 的意思正是「貓發出的呼嚕聲」，且發音又與 perfect 的 per 相同，因此作者在此處展現出幽默感，將 perfect 寫成了 purrfect。這種「諧音梗」不能說是什麼高深的文字遊戲，不過希望各位瞭解這是初階的英語幽默感。

專欄2：美國人熱愛諧音梗

諧音梗在英語中稱為pun，而美國人非常喜歡這種pun，會找各種機會將pun塞進文章裡大玩文字遊戲。但美國人最喜歡的並不是單純的諧音梗，而是句子中用到的詞語帶有雙重語意，並表現幽默感的雙關修辭。以下舉幾個例子說明。

1. Why do coffee cups avoid the city?
   They're afraid to get mugged.
   為什麼咖啡杯要避開城市呢？
   因為咖啡杯害怕在城市裡被搶劫。
   → get mugged指的是「被襲擊、搶劫」的意思。而咖啡杯也可稱為mug（馬克杯），這個笑話使用了雙關語。

2. Reading while sunbathing makes you well-red.
   邊做日光浴邊讀書會讓你皮膚發紅／飽讀詩書。
   → well-red指的是「全身發紅」，而發音相同的well-read則有「飽讀詩書」之意，因此這邊為使用雙關。

3. I don't trust trees. They're shady.
   我不相信樹，因為他們很多陰影／不老實。
   → 此處的笑點在於shady有雙重語意。第一個大部分人都知道是「陰涼的」，但shady此字還有另一個重要的語意，也就是「不老實的」、「不正當的」。這個雙關語的笑點正是使用了shady兩種截然不同的語意。

4. What did the bread say to the baker?

　　You knead me.

　　麵包對麵包師父說了什麼？

　　你需要我／揉我。

　　→這邊出現的knead一字為「揉麵團」的意思，這是做麵包不可或缺的步驟。而knead跟另一個單字need正好同音，這句是將表達「揉麵團」的knead和表示「需要」的need結合在一起製造笑點。

5. No matter how much you push the envelope, it will still be stationery.

　　不管你再如何逼那個信封／挑戰它的極限，它仍舊是個文具。

　　→要理解這個雙關語，需對慣用語有所瞭解。envelope指的是「信封」，而變成慣用語push the envelope則是指「挑戰極限」、「超越極限」的意思。也就是說此處的push the envelope有字面上「逼迫信封／推信封」之意，也同時意指意義完全不同的慣用語。

all that fizz 指「滿是氣泡聲」

接下來要介紹包含了具幽默感文字遊戲的報導，是一篇有關美國碳酸飲料（soda）的文章。美國人熱愛包含可口可樂在內的所有碳酸飲料，因此碳酸飲料在美國形成了巨大的產業。這篇報導則在討論這些碳酸飲料有害健康。

> Americans love their soda. Valued at more than 413 billion dollars according to one analysis, the global soft drinks market continues to grow as people purchase their favorite soft drink brands at restaurants, convenience stores, and sporting events.
>
> （中略）
>
> But behind **all that fizz and flavor** exist a host of ingredients that have a surprisingly negative impact on the body. Those bubbles you see popping up are actually caused by carbon dioxide gas – a chemical compound that, along with many other ingredients within soda, affects one's stomach more than some might realize.
>
> (USA TODAY, 2023/9/6)

單字註解

analysis	名 分析
purchase	動 購買
fizz	名（液體）起泡並發出的嘶嘶聲

a host of	慣	大量、許多
ingredient	名	材料
carbon dioxide	名	二氧化碳
chemical compound	名	化合物
affect	動	影響

> 💬 **譯文**
>
> 美國人熱愛碳酸飲料。一篇分析指出，世界非酒精飲品市場總值超過4130億美元，並且隨著人們在餐廳、便利商店及運動賽事中持續購買他們所喜愛的飲料，這個市場還在持續擴大中。
> （中略）
> 但在這些氣泡與調味背後，其實隱藏著大量會對身體造成始料未及負面影響的原料。你在碳酸飲料中看到的氣泡其實來自於二氧化碳氣體。這是一種化合物，且如同其他汽水中的原料，它對胃造成的影響可能比許多人想像得還更大。

報導開頭首先提到美國人熱愛碳酸飲料，並描述「一篇分析指出，它的市場規模超過4130億美元（Valued at more than 413 billion dollars according to one analysis）」。接著提到「人們在餐廳、便利商店、運動賽事等處持續購買他們喜歡的無酒精飲料，因此全世界的無酒精飲料市場規模還在持續擴大中（the global soft drinks market continues to grow as people purchase their favorite soft drink brands at restaurants, convenience stores, and sporting events）」。

下一段則說，雖然無酒精飲料市場持續擴大，但在這個「冒著泡泡的產業背後（behind all that fizz and flavor）」藏著一些祕密。本句中 fizz 如同單字註解所述，是指打開碳酸飲料時會發出的「氣泡嘶嘶聲」，由於本篇報導的主題是碳酸飲料，因此這裡用了 fizz 作梗來玩文字遊戲。除此之外，all that fizz 這句話讓人自然聯想到意指「諸如此類」的慣用句 all that jazz，也讓這個文字遊戲充滿了幽默感。

接著文中描述，即使碳酸飲料有「各種氣泡與調味（all that fizz and flavor）」，卻「隱藏著大量會對身體造成始料未及負面影響的原料（exist a host of ingredients that have a surprisingly negative impact on the body）」。

碳酸飲料中會對身體造成負面影響的到底是什麼呢？報導中提到「你在碳酸飲料中看到的氣泡，其實來自二氧化碳氣體（those bubbles you see popping up are actually caused by carbon dioxide gas）」，而這些二氧化碳「是一種化合物，如同其他汽水中的原料，它對胃造成的影響可能比許多人想像得還更大（a chemical compound that, along with many other ingredients within soda, affects one's stomach more than some might realize）」。

shredding 指「撕碎」

接下來這篇是有關美國大學橄欖球隊的報導，描述美國橄欖球強校路易斯安那州立大學（LSU）的教練布萊恩·凱利，因自己執教的球隊在比賽中輸給次一等的佛羅里達州立大學（FSU）而暴跳如雷，口吐爆言。請各位一邊參考單字註解，一邊來讀一下凱利罵得多惡毒。

After Florida State ripped LSU apart, the **shredding** continued in a postgame news conference that bordered on shocking. Brian Kelly laid bare LSU football's failures, sparing no one from his blistering rebuke. He called out himself, his staff and his team in an unrestrained way not often heard from a college coach after a loss in hostile environment to a top-10 opponent.
（中略）
Kelly was just getting warmed up. "This is a total failure," he said, "from a coaching standpoint and a player standpoint that we have to obviously address and we have to own." Kelly described his team as a bunch of imposters.

(USA TODAY, 2023/9/4)

單字註解

rip apart	慣 撕碎、撕爛
border on	慣 接近於…
lay bare	慣 公開、暴露

spare	動	饒恕、寬容
blistering	形	憤怒的、猛烈的
rebuke	名	訓斥、指責
unrestrained	形	不受限制的
hostile	形	敵對的
opponent	名	對手
standpoint	名	立場、觀點
a bunch of	慣	一堆…、一群…
imposter	名	冒名頂替者、騙子

> 💬 **譯文**
>
> 在佛羅里達州立大學痛宰路易斯安那州立大學球隊後，這場比賽的餘波在賽後記者會上，進一步發展到令人震驚的程度。教練布萊恩·凱利在訪談中不諱言地痛批路易斯安那州立大學足球隊的失敗，嚴厲斥責每一位球員的表現。他毫不留情地批評自己、相關人員及球隊成員，讓人很難想像這是一名大學球隊教練在客場輸給前十強對手時會做出的發言。
>
> （中略）
>
> 而這只是凱利的開場白而已。他表明「這是徹底的失敗。不管從教練或從球員的角度來看，這是我們明確需要解決與承認的問題。」凱利形容自己的隊伍是一群沒有實力的冒牌貨。

在這篇報導中，作者於開頭的句子裡加入了新聞英語的幽默感，也就是「在佛羅里達州立大學撕碎路易斯安那州立大學球隊後，這場比賽的餘波在賽後記者會上進一步發展

到令人震驚的程度（After Florida State ripped LSU apart, the shredding continued in a postgame news conference that bordered on shocking）」此段。這邊希望各位注意，作者在 rip apart 這個慣用語後使用了 shredding 一詞。如同單字註解中所述，rip apart 指的是「撕碎」之意，在這邊實際上是指「痛宰、壓倒性勝利」之意。文中幽默地又使用 shredding（碎裂）來形容佛羅里達州立大學壓倒性擊潰路易斯安那州立大學一事。

那麼記者會上又是誰在痛宰誰呢？下面這段明確說明了是慘敗的路易斯安那州立大學球隊教練布萊恩·凱利，他不諱言地痛批路易斯安那州立大學足球隊的失敗，嚴厲斥責每一位球員的表現（Brian Kelly laid bare LSU football's failures, sparing no one from his blistering rebuke）」。一般來說戰敗隊的教練通常會在賽後訪談稱讚對手的精彩表現，但由於凱利實在太過憤怒，因此將自家隊伍的選手罵得狗血淋頭。

接下來的報導內容也有提到「凱利不留情的批評自己、相關人員及球隊成員，這樣的發言不常見於一名大學球隊教練在客場輸給前十強對手後會做出的發言（He called out himself, his staff and his team in an unrestrained way not often heard from a college coach after a loss in hostile environment to a top-10 opponent）」。讀者光從此段描述中，就能明確看出凱利有多憤怒。

不過凱利的憤怒才剛開始。文中描述說「這才只是暖身而已（Kelly was just getting warmed up）」。接著，凱利的怒火又是如

何爆發的呢？他表示「這是一場徹底的失敗。不管從教練或從球員的角度來看，這是我們明確需要解決與承認的問題（This is a total failure from a coaching standpoint and a player standpoint that we have to obviously address and we have to own）」，並在最後使用了極具侮辱性的詞彙來辱罵隊員，「凱利形容自己的隊伍是一群沒有實力的冒牌貨（Kelly described his team as a bunch of imposters）」。

最後，我想多花一些篇幅介紹此篇文章中出現的兩個多義字，希望各位在理解語意時可以特別留意一下。第一個是address此字。我想各位在背單字時，通常都學到address作為名詞使用指的是「地址」，作為動詞則是「對某人說話」或「演講」的意思。而在新聞英語中，address一字則大多如同本文中的用法，指的是「處理」、「應對」。另一個則是own這個動詞。我想各位背單字時，大多是學到own當動詞使用指「擁有」的意思，但此字在新聞英語中常指「承認」之意。

要正確讀懂新聞英語，就必須熟知這些多義字要表達的實際語意。當各位在閱讀英文文章時，發現自己知道的字義放在文句中語意不通時，常常都是因為這個字有你不知道的其他意義。請各位這時不要怕麻煩，閱讀時要勤翻辭典。

trump up 指「捏造」

接下來這篇報導使用了 trump up 這個慣用語來表達幽默感。出現在這篇報導最後面的 trump up 為「捏造事實」之意，此處作者在撰寫時，很明顯同時是在暗指川普。

在這篇報導中，關於川普因涉及2021年1月國會山莊襲擊事件被起訴一事，2024年總統大選中被一同提名為共和黨總統候選人的隆恩·迪尚特和維韋克·拉馬斯瓦米一度傾向於批評川普，最終又為川普辯護，聲稱其被起訴為不實傳言。

> Florida Gov. Ron DeSantis and businessman Vivek Ramaswamy, both Ivy league-educated lawyers, edged ever so slightly toward condemning former President Donald Trump's conduct on Jan. 6 – then quickly concluded, without seeing the evidence, that any charges against him are **trumped up**.
>
> (NBC NEWS, 2023/7/19)

單字註解

單字	詞性	中譯
edge	動	使…徐徐移動、漸進
slightly	副	輕微地
condemn	動	譴責
former	形	以前的
conduct	名	行為
conclude	動	做出結論
charge	名	控告、指控

> 💬 **譯文**
> 佛羅里達州州長隆恩·迪尚特與企業家維韋克·拉馬斯瓦米兩位出身於常春藤名校的律師，曾一度傾向批判前總統川普於1月6日的作為，但隨後又極快地認定，由於不存在任何證據，一切對川普的指控都是被捏造的。

我們一起來看這篇報導。首先文中先給出有關迪尚特和拉馬斯瓦米兩位候選人的資訊，表示兩位都是「在常春藤名校受過教育的律師（Ivy league-educated lawyers）」，是社會菁英。實際上，迪尚特畢業於哈佛法學院，而拉馬斯瓦米則畢業於耶魯法學院，兩位都擁有頂級菁英學歷。這兩位候選人原本在2024年的總統選舉中，被提名為要代替川普成為共和黨的候選人，因此在立場上攻擊川普的行為也算在情理之中。尤其在國會山莊襲擊事件中，川普確實有煽動示威者，因此兩位總統候選人心中應該是確信川普必須承擔部分責任，且兩人最初都曾「些微傾向批判前總統川普於1月6日所做出的行為（edged ever so slightly toward condemning former President Donald Trump's conduct on Jan. 6）」。

然而兩人「隨後又極快地認定，由於不存在任何證據，一切對川普的指控都是被捏造的（then quickly concluded, without seeing the evidence, that any charges against him are trumped up）」。這邊表示「捏造」之意的詞語，其實除了trump up之外，也可以用make up或cook up等慣用語，或concoct, fabricate, distort, falsify等類義的動詞來表現，不過一旦用了這些詞語，這篇文章就會失去幽默感。因此這裡最適合放的還是trump up。

American Idle 是「美國偶像」嗎？

接下來這篇報導充滿了對於拜登總統休假休太多的嘲諷。根據報導內容所述，拜登是近幾任美國總統中在白宮工作時數最少，並花費近40%的時間休假或於白宮以外的地方生活。報導開頭使用了"He's the American Idle"，以幽默風趣的方式揶揄這位「不愛工作」的拜登總統。American Idle（美國懶惰蟲）是在仿擬美國知名的電視節目美國偶像（American Idol），idle 與 idol 剛好發音相同。

> **He's the American Idle.**
> The 24/7 grind of the White House has been anything but for President Biden, who has devoted more days to downtime than any of his recent predecessors, according to an analysis.
> This Labor Day weekend, Biden once again plans to be 10 toes up at his Rehoboth Beach summer home – after a short trip to Florida to view Hurricane Idalia's wreckage.
> As of last Sunday, Biden has spent all or part of 382 of his presidency's 957 days – or 40％ – on personal overnight trips away from the White House, putting him on pace to become America's most idle commander-in-chief.
>
> (New York Post, 2023/9/2)

單字註解

grind	名 令人厭倦的苦差事
downtime	名 停工期
10 toes up	慣 休息、提早收工
as of	慣 自…起
predecessor	名 前任者
wreckage	名 殘骸、遭難

譯文

他就是「美國懶惰蟲」。

一篇分析指出，總統拜登恨透白宮日夜無休的繁複工作，他投入於休息日的天數比近幾任前總統都還要多。今年勞動節週末，在短暫拜訪佛羅里達州視察伊達利亞颶風造成的災情後，拜登又計畫前往他位於雷荷波特灘的夏日度假小屋放鬆耍廢。截至上週日，拜登在他957天的總統任期中已有382天，也就是40%的天數，部分或整天花在遠離白宮的私人外宿行程上。這使他正逐步成為美國最懶惰的總司令。

如同前面提及，由於拜登總統在白宮工作的天數過少，花費許多時間休息以及外出旅遊，因此諷刺他為不工作的「懶惰（Idle）」總統。本篇報導的標題其實是 "Slacker-in-chief Biden keeps up record 40％ 'vacation' pace despite disasters（耍廢總司令拜登不顧災情，維持40%「休假」天數）"。標題開頭的Slacker-in-chief意指「耍廢長」，這是以仿擬方式調侃總統身為軍隊中「總司令（Commander-in-chief）」的身分。

接著文中實際舉出不愛工作的拜登所做出的行為,「今年勞動節週末,在短暫拜訪佛羅里達州視察伊達利亞颶風造成的災情後,拜登又計畫前往他位於雷荷波特灘的夏日度假小屋放鬆耍廢(This Labor Day weekend, Biden once again plans to be 10 toes up at his Rehoboth Beach summer home – after a short trip to Florida to view Hurricane Idalia's wreckage)」。此處提到的 10 toes up 在美國的口語對話中與 non-functioning 或 non-operational, inactive 同義,指「不工作」的意思,也是 idle 的同義詞。

像這種精準的口語表現,在升學考試、英文檢定、多益、托福等各種語言檢定考試中都絕對不會學到。不過我自己就實際聽過美國人在對話中說過好幾次 10 toes up,這是他們在日常生活中經常使用的口語用法。當然學習正統派英語中使用的詞彙與用語也很重要,不過請各位務必記得,若只學這些的話,可能會連母語者日常對話時經常用到的詞語都無法理解。

Tweedledum and Tweedledumber 是鵝媽媽童謠裡的用詞?

接下來這篇報導稍舊一些,發表於 2004 年的 Fortune 雜誌。報導中當時共和黨與民主黨兩大黨的總統候選人布希和凱瑞因過於相似,被嘲諷為缺乏刺激感的候選人。報導中使用了知名童謠系列《鵝媽媽童謠》中出現的用語 Tweedledum and Tweedledee 來形容兩位候選人大同小異的立場。這個用法最初出自鵝媽媽童謠中的其中一首,而後因出現在路易斯‧卡羅所寫的《愛麗絲鏡中奇遇》而聞名。

Some say they're Tweedledum and Tweedledee (or **Tweedledum and Tweedledumber**, as it was put by a particularly acid writer on I forget which fringe of the political spectrum). Despite the divisiveness of the war issue, lots of voters – more than usual, it seems to me, from right and left – are complaining that Bush and Kerry are more alike than different, leaving us a choice with not much to choose from.

(Fortune, 2004/9/6)

單字註解

acid	形	尖酸的
fringe	名	邊緣
spectrum	名	範圍、光譜
divisiveness	名	分裂、分岐

譯文

有些人說他們「一個半斤，一個八兩」（或「一個阿呆，一個阿傻」，這是一位特別尖酸刻薄的作者對他們的形容，但我忘了該作者的政治傾向是偏向哪端）。即使兩位候選人在戰爭議題上有所分岐，許多選民 —— 就我觀察，包含左派與右派選民，其人數異常的多 —— 都抱怨布希與凱利的相似之處比差異點更多，讓我們其實也沒什麼好選擇的。

報導開頭出現剛才提到出自《鵝媽媽童謠》的 Tweedledum and Tweedledee。

這邊提到的they're即指後面出現的布希與凱利二人。也就是說，有人將「布希與凱利」比喻為《愛麗絲鏡中奇遇》裡的「半斤和八兩」。

接下來這句話充滿了新聞英語的幽默感，也就是Tweedledum and Tweedledumber這段。我想有不少讀者馬上就意會過來了，此處Tweedledum語尾的dum與dumb（愚蠢的）發音相同，因此作者在此處玩了文字遊戲，將第二個人名改為Tweedledum的比較級Tweedledumber，也就是「更蠢的Tweedledum」之意。這段話是在嘲笑布希和凱利兩人半斤八兩、看不出差異，但即使看不出差異，可能還是有其中一邊「更蠢」。

接著結尾提到兩人「即使在戰爭議題上有所分歧（Despite the divisiveness of the war issue）」，但「從左派到右派（from right to left）」還是有較以往更多的意見領袖「抱怨布希與凱利的相似之處比差異點更多，讓選民其實也沒什麼好選擇的（are complaining that Bush and Kerry are more alike than different, leaving us a choice with not much to choose from）」。

a tipping point指「轉捩點」？

接下來這篇報導討論的是美國餐廳的小費問題。近年來美國不只餐廳小費費用高漲，連不是內用餐廳的外帶店面也出現在觸控螢幕上顯示三種小費額度（一般是18％、20％、25％），強行要求顧客付小費的驚人案例，而大眾對於這種小費制度的批判也達到前所未見的強度。

American diners may be reaching a tipping point.

Not long ago, a restaurant tip was a 15 percent gratuity for the server, calculated on a napkin and scrawled on a credit-card receipt at the end of a sit-down meal. The server didn't know the sum until the diner had departed.

In 2023, tipping, or choosing not to, has expanded into a near-universal ritual of food service. Customers at a humble takeout joint might face a choice among three double-digit gratuities on a touch screen, under the penetrating gaze of a cashier.

(The Hill, 2023/6/23)

單字註解

gratuity	名 小費
calculate	動 計算
scrawl	動 潦草地寫、亂塗
sum	名 總計
depart	動 出發、離開
ritual	名 老規矩、習慣、儀式
humble	形 不起眼的、謙遜的
joint	名 (賣廉價飲食的) 酒吧、餐館
face	動 面對
penetrating	形 目光銳利的
gaze	名 凝視

> **譯文**
>
> 美國的餐廳可能正迎來一個轉捩點。
>
> 不久前，小費還是指在餐廳用餐結束後，提供百分之15的服務費給服務生。客人會於餐巾紙上計算費用，並將金額草草寫在信用卡收據上。而服務生在客人離開後才會知道實際金額。但到了2023年，是否支付小費幾乎已成了餐飲服務的普遍規矩。就連在一家普通的外帶小酒吧時，客人可能都會面臨必須在櫃檯人員銳利的目光下，從觸控螢幕上的三種兩位數小費比例選項中擇一的壓力。

這篇報導開頭的tipping point，就是一句帶有幽默感的句子。那麼各位知道為什麼我說這句話具有幽默感嗎？我想各位都有看出因為這是一篇有關「小費（tips）」的報導，因此作者刻意使用了tipping point一詞。而tipping point還有一個更重要的意思指「轉捩點」，這是新聞英語中經常出現的詞語。這句話中tipping point除了指「付小費的時間點」外，也意指這是小費文化的「轉捩點」，是一個有雙重語意的文字遊戲。

那麼美國的小費制度到底發生了什麼事呢？報導中提到正常狀況下，「不久前，小費是指客人提供百分之15的服務費給服務人員（Not long ago, a restaurant tip was a 15 percent gratuity for the server）」，而「客人在餐廳內用餐後，會於餐巾紙上計算費用，並將金額草草寫在信用卡收據上（calculated on a napkin and scrawled on a credit-card receipt at the end of a sit-down meal）」。因此「服務生在客人離開後才會知道實際金額（The server didn't know the sum until the diner had departed）」。

然而現在,「是否支付小費幾乎已成了餐飲服務的普遍規矩（tipping, or choosing not to, has expanded into a near-universal ritual of food service）」。報導提到這種小費制度現已不侷限於客人入座用餐的傳統型餐廳,連到「普通的外帶小餐廳（humble takeout joint）」都可能在「櫃檯人員銳利的目光下（under the penetrating gaze of a cashier）」,「面臨必須從觸控螢幕上的三種兩位數小費比例選項中擇一的壓力（might face a choice among three double-digit gratuities on a touch screen）」。

像這種小費期望額度上升的狀況被稱作tipflation,而不只是客人入座用餐的餐廳,連過去不需支付小費的外帶店面等店家都普遍會在觸控螢幕上列出小費的狀況被稱為tip creep。因上述這種小費金額上漲,且小費制度蔓延至其他店家,而對外食感到厭煩的狀況,則稱為tip fatigue。

not all burgers are created equal指「漢堡的製作並不平等」嗎?

美國人夏天常在自家庭院烤肉,接下來這篇報導談論的即為他們最愛吃的熱狗與漢堡營養成分的議題。炎熱的夏日裡,沒有比在野外吃熱狗與漢堡更幸福的事了。不過這種加工食品對身體健康可能沒什麼助益。這篇報導中提到,熱狗與漢堡依照其原料不同,對身體健康的影響可能有極大差異。

"Summer is a time when people fire up the grill and indulge in delicious hot dogs and hamburgers, but it's important to remember that these foods may not always be the healthiest options," adds Melissa Wasserman Baker, a New York-based registered dietitian and founder of Food Queries.

Ahead, a breakdown of the nutrition content of burgers and hot dogs, plus the final verdict on which may be better for you, according to health experts.

Apparently not all burgers are created equal.

As Wasserman Baker shares, hamburgers can vary in nutrition content, depending on ingredients.

(New York Post, 2023/7/15)

單字註解

indulge	動	沉迷、沉溺於
registered	形	註冊的
dietitian	名	營養師
founder	名	創始人
breakdown	名	細項、分類
nutrition	名	營養
verdict	名	判斷、裁定
vary	動	改變、呈現差異

> 💬 **譯文**
> 「夏天是人們架起烤爐，享受美味熱狗和漢堡的季節，但我們要記得這些食物不一定是最健康的選項」梅麗莎·華瑟曼·貝克說道。她是一名紐約的註冊營養師，也是「食品查詢」的創辦人。接下來是一份包含不同漢堡和熱狗營養成分的細項表，以及根據健康專家的判斷，其中哪些品項可能對身體比較好的結論。顯然不是每個漢堡都生來平等。如華瑟曼·貝克所述，不同的漢堡根據其食材不同，在營養成分上可能會有所差異。

報導第一句提到「夏天是人們架起烤爐，享受美味熱狗和漢堡的季節（Summer is a time when people fire up the grill and indulge in delicious hot dogs and hamburgers）」。實際上美國有許多家庭會在7月4號美國獨立紀念日前後舉辦家庭聚會，或邀請親朋好友到自家院子裡開烤肉派對。而這類派對的主角往往是熱狗與漢堡。不過營養師提到，對於這些美國人最愛的熱狗與漢堡，「我們要記得這些食物不一定是最健康的選項（it's important to remember that these foods may not always be the healthiest options）」。

接著報導中提到「接下來列出一份包含了不同漢堡和熱狗營養成分的細項表，以及根據健康專家的判斷，其中哪些品項可能對身體比較好的結論（Ahead, a breakdown of the nutrition content of burgers and hot dogs, plus the final verdict on which may be better for you, according to health experts）」。
而文中得出的結論是「顯然不是每個漢堡都生來平等（Apparently not all burgers are created equal）」。這邊要請各位讀

者注意的是，這句not all burgers are created equal其實是在玩文字遊戲，仿擬美國獨立宣言（Declaration of Independence）中的名言"All men are created equal（人人生而平等）"。其實很多新聞報導像這篇一樣，乍看很正常沒什麼怪異之處，仔細一看才發現它在仿擬某些知名語句。往後在讀新聞英語時，也請各位特別留意此部分。而這些漢堡的營養成分有哪些差異呢？根據營養師的說明，這「取決於用來製作漢堡的食材（depending on ingredients）」。

用ketchup with/weenie/dog-eat-dog world 討論熱狗話題

前一篇是有關熱狗與漢堡的報導，我們接下來再看一篇有關搭配熱狗的「番茄醬」之報導。這篇報導討論到一個自古以來就存在的論戰，即熱狗沾番茄醬的吃法到底正不正統。雖然內容有點長但相當有趣，請各位參考單字註解讀一遍看看。

> Life long hot dog lovers better **ketchup with** the latest toppings trends this July 4.
>
> Slathering a frankfurter in a layer of cool, tangy ketchup is a foodie faux pas for folks 18 and over, according to the National Hot Dog and Sausage Council, which argues that the condiment is strictly for kids.

In fact, **the top dog** of the organization says dressing a wiener with ketchup is, well, kind **weenie**.

"If you can vote, it's time for your taste buds to vote for a hot dog without ketchup," NHDSC president Eric Mittenthal told the Post.

"The sweetness is just not the ideal match for a hot dog," continued the **big cheese**. As New Yorkers know, mustard, onions and sauerkraut are preferable toppings.

But whether the glaze deserves a place on your plate this Independence Day is up to each celebrant's free will.

Mark Rosen, vice president of marketing for Sabrett, the official hot dog of Madison Square Garden, tells the Post that in this **dog-eat-dog world**, there's absolutely "no shame" in putting ketchup on a hot dog.

"We don't see too many adults doing it anymore," said Rosen. "But if they do, it's totally fine."

"Do **whatever floats your boat** and puts a smile on your face this holiday and every day."

(New York Post, 2023/7/3)

單字註解

slather	動 大量塗抹
tangy	形 強烈的、味道濃烈的
faux pas	名 失言、失禮
condiment	名 調味品

top dog	名 權威、支配者
weenie	名 無能的人、虛弱的人
taste bud	名 味蕾
preferable	形 更好的、更適合的
glaze	名 （使食物有光澤的）糖漿、糖汁
deserve	動 應得
celebrant	名 參加慶祝活動者

> **譯文**
>
> 熱狗死忠粉絲們最好在今年7月4日跟上最新的熱狗配料潮流。根據全國熱狗及香腸委員會的說法，18歲以上者在法蘭克福香腸上塗抹厚厚一層冰冷刺鼻的番茄醬，是犯了美食愛好者的大忌。他們主張該調味品僅限於兒童使用。實際上，該組織的領導者認為在香腸上淋上番茄醬簡直是一種懦弱幼稚的行為。「若你已有投票權，你的味蕾也應當有權投票支持不放番茄醬的香腸」，全國熱狗及香腸委員會理事長艾瑞克·米頓索在接受本報採訪時表示。「蕃茄醬的甜味根本不適合熱狗」這位大人物接著說道。紐約人都知道，黃芥末、洋蔥與德式酸菜都是更理想的配料。不過，在今年的獨立紀念日上，每一位慶祝者都能自由決定亮晶晶的番茄醬到底能不能在自己的餐盤上佔有一席之地。麥迪遜廣場花園官方熱狗供應商「劍齒虎」行銷副總經理馬克·羅森告訴《紐約郵報》，在這個弱肉強食的世界裡，在熱狗上淋番茄醬完全是一件「無須感到羞恥」的事。

> 「我們近期沒什麼看到成人這麼做」羅森說,「但如果他們想淋番茄醬,那也完全沒問題。用你喜歡的方式吃熱狗,讓假期和其他每一天都充滿微笑。」

這篇報導中含有許多幽默的文字遊戲,不知道各位是否有讀出來呢?事實上記者在開頭的第一句話就大玩文字遊戲,就是ketchup with。這裡的ketchup既點出本文主軸番茄醬,又玩了諧音梗,將catch up with(跟上)改寫為發音相近的ketchup with。後面In fact, the top dog of the organization says dressing a wiener with ketchup is, well, kind weenie這句話的top dog也是文字遊戲。如同單字註解所示,top dog原意為「權威、支配者」,但這邊又特意用了此字來點出hot dog的dog。另外同一句weenie一字,原意如單字註解所寫,指「無能的人」,但它同時又有「香腸」之意,也是玩一字多義的文字遊戲。文章中段有出現big cheese一字,它在英文口語中指「大人物」,因為cheese也跟熱狗有關,因此作者故意使用了此字。

接著,文章中後半以Mark Rosen開頭的段落提到dog-eat-dog world這個慣用語。這裡也玩了hot dog跟dog-eat-dog world(弱肉強食世界)的梗。這篇報導中,記者盡可能發揮了幽默感,寫出充滿文字遊戲的趣味內容。像這種充滿幽默感和文字遊戲的新聞報導,在日本的報章雜誌上容易被讀者認為不正經,因此記者也不太這樣寫。但此種內容在英文新聞報導中反而會很理所當然地出現。

最後我還想多補充一些資訊給各位參考。文章最後寫到 whatever floats your boats 此用法。這句話在口語上是指「想怎麼做就怎麼做」的意思。美國人很常在對話中使用。不過學習「正統派英文」的英語學習者幾乎都不會知道，這種「母語人士日常生活中頻繁用到，且在影劇中經常出現的用語」。當然學習複雜的句構，以及被稱作 big word 的艱深單字也是英語學習中很重要的部分。不過，就算你能理解複雜的句構、知道很多 big word，若無法理解此類日常生活中的口語表達，就只能說是本末倒置了吧。而要學習這種生動精準的英語口語表達，最有效率的方法就是閱讀新聞英語了。我們接下來在第六章會更詳細的介紹新聞英語中常見的口語用法。

第 4 章
辛辣的反諷

英國人和美國人普遍都喜歡辛辣尖銳的反諷或諷刺。以喬納森‧史威夫特所撰寫的《格列佛遊記》為代表，英美文學從以前就很喜歡這種satire（譏諷）和irony（諷刺）的文學手法。而歐美的新聞報導，也完美繼承了傳統文化及文學中這種熱愛諷刺的DNA。

若各位實際去閱讀新聞英語，其實常常就能讀到充滿各種尖銳反諷的報導。由於日本報紙上幾乎不會出現這種塞滿反諷的報導，因此我想各位更能體會到兩者的差異性。在本章中，我想舉數個實際案例向各位介紹經常出現於新聞英語中的辛辣反諷。

轉換跑道成爲 gymnast

首先我想介紹一篇談論佛羅里達州州長隆恩·迪尚特的報導。迪尚特在共和黨黨內初選時聲勢一度凌駕於川普之上，他在競選期間努力試圖追上川普的過程中，曾一度接連提出比川普更為右派的極端政策，使得連過去支持他的群眾都感到困惑不已。

> For all the contortions that Ron DeSantis' presidential campaign is making, **one might think the Florida governor is mulling a second career as a gymnast.** In recent months, DeSantis has taken stances that have given me – and other conservatives – pause. （中略）By attempting to show he's "to the right" of Trump on social issues, DeSantis has taken extreme positions that could sink his current ambitions – and even future ones.
>
> (USA TODAY, 2023/8/9)

單字註解

contortion	名	扭曲
mull	動	深思熟慮
gymnast	名	體操選手
take a stance	慣	表達立場
give someone pause	慣	使人猶豫躊躇或不確定
attempt	動	試圖
social issue	名	社會問題
sink	動	下沉
take a position	慣	採取立場

> 💬 **譯文**
>
> 在看到隆恩·迪尚特於總統競選期間，各種試圖扭轉情勢的行為後，讓人不禁覺得這位佛羅里達州州長是否正考慮轉換跑道成為體操選手。近幾月，迪尚特採取的立場讓我和其他保守派人士開始抱持懷疑態度。（中略）迪尚特試圖採取極端立場來展現他在社會議題上比川普「更右派」，但這些作為或許會毀掉他目前的野心，甚至是未來的政治前途。

迪尚特在選戰中為了重現過去的浩大聲勢做出許多嘗試，如打出比川普更為激進的政策，或替換自身選舉團隊內的人員。這些行為在本篇報導中被稱為「扭曲的行為（contortions）」。

不過即使迪尚特做了許多努力，這些行為似乎在過去支持他的保守派人士間不受好評，作者更銳利的譏諷道「讓人不禁覺得這位佛羅里達州州長是否在考慮轉換跑道成為體操選手（one might think the Florida governor is mulling a second career as gymnast）。

請各位注意到這句嘲諷中使用了 gymnast（體操選手）一詞。gymnast 常會做出讓人無法想像是人類能做出來的特技動作，在本文中暗示了迪尚特意圖扭轉情勢之操作及政治立場的轉變過於生硬離奇，彷彿像體操選手凹折自己的身體一樣。

接著，報導中提到近期「迪尚特採取的立場讓我和其他保守派人士開始抱持懷疑態度（DeSantis has taken stances that have given me – and other conservatives –pause）」。那實際上，迪尚特採取了何種立場讓保守派人士都感到困惑呢？報導中寫道，「迪尚特在社會議題上表現得比川普更右派（By attempting to show he's "to the right" of Trump on social issues）」、「迪尚特採取了極端的立場（DeSantis has taken extreme positions）」。

最後本文甚至評論道，迪尚特這樣的立場「可能不只會毀掉他目前的野心，甚至可能斷送他未來的政治生涯（could sink his current ambitions – and even future ones）」。而迪尚特「目前和未來的野心」不必多言，當然是指美國總統之位了。

偽裝成競選總幹事應徵信的冷嘲熱諷

接下來這篇報導，也與迪尚特在總統選戰中的造勢活動有關。如同前一篇報導所提及，迪尚特在總統競選活動間聲勢急速下滑，為了挽回民心祭出了比川普更為極端的政策，又更換自家競選團隊成員，造成支持者們也對於其混亂的策略表示困惑。

尤其在競選團隊成員部分，迪尚特甚至換掉最核心的競選總幹事，導致了極大的混亂。有鑑於此，今日美國報記者以應徵競選總幹事的形式，寫出接下來這篇報導以諷刺迪尚特的行為。

To: The Ron DeSantis presidential campaign
From: USA TODAY columnist Rex Huppke
Subject: Application for campaign manager position

Dear Gov. DeSantis:

My name is Rex Huppke and **I'm applying for the soon to-be-open-again position of campaign manager with your gobsmackingly horrendous presidential campaign.**
I realize you just replaced previous campaign manager Generra Peck with your former chief of staff, James Uthmeier. **But given the campaign's track record of being almost comically awful, I feel confident that by the time you receive this application, the position will be open again.**

(USA TODAY, 2023/8/9)

單字註解

gobsmackingly	副	瞠目結舌的、目瞪口呆的
horrendous	形	可怕的、駭人的
replace	動	替換
given	前置	有鑒於
comically	副	滑稽的
awful	形	糟糕的、惡劣的

> 💬 **譯文**
> 致：隆恩·迪尚特總統競選團隊
> 寄件人：今日美國報專欄記者雷克斯·哈普克
> 主旨：應徵競選總幹事
> 尊敬的迪尚特州長：
> 我是雷克斯·哈普克，寫信來應徵您即將再次空出的競選團隊總幹事職位。貴團隊在競選活動上的表現真是慘烈得令人目瞪口呆。我知道您剛把前任競選總幹事珍納拉·裴克換掉，並任命了前幕僚長詹姆斯·阿斯麥爾接替她的職位。但考慮到您的競選活動表現一向糟糕透頂，我相信在您收到這封應徵信時，該職位應已再次出現空缺。

我們一起來看這篇文章。報導最開頭寫道 To, From, Subject 等內容，這是在標示寫給誰（To），由誰發出（From），主旨為何（Subject）。下面提到 Dear Gov. DeSantis，表明了此封信是寫給迪尚特州長，下一句才是正文內容。

在正文中，作者首先寫了自己的名字，並且一開頭就大肆諷刺迪尚特說「我想應徵您即將再次空出的競選團隊總幹事職位。貴團隊在競選活動上的表現真是慘烈得令人目瞪口呆（I'm applying for the soon-to-be-open-again position of campaign manager with your gobsmackingly horrendous presidential campaign）」。

這邊想請各位特別注意兩個諷刺手法的使用。第一個是在 I'm applying for the soon-to-be-open-again position of campaign manager 這句話中，the soon-to-be-open-again position 的部分。如同後面段落所述，迪尚特為了重整競選團隊，撤換了選戰中最關鍵的選舉總幹事，而作者即在這段話中冷嘲熱諷表達自己已預想到「這位新任總幹事也很快會被換掉，屆時選舉總幹事一職會出現空缺」的狀況，因此應徵了這個職位。另一個重點則為後面一句 your gobsmackingly horrendous presidential campaign（您慘烈得令人目瞪口呆的競選活動表現），這裡的嘲諷程度也已經尖銳得無人能及了。

接下來的段落中提及被迪尚特撤換的前任競選總幹事及新任總幹事的姓名，而後以 given 開頭的文句中，又再以極致的嘲諷刺了迪尚特一刀。這裡用的是何種嘲諷呢？報導中先寫道「考慮到您的競選活動表現一向糟糕透頂（given the campaign's track record of being almost comically awful）」，光是這一句就已經是很嚴厲的批評了。而作者又加了一句狠話說，我確信（I feel confident）您在收到這封應徵信時「該職位會再次出現空缺（the position will be open again）」。

泰勒斯之亂導致了民主共和兩黨的團結

接下來為一篇有關被譽為現今美國最有名女歌手泰勒斯的報導。泰勒斯在2023年展開名為 Eras Tour 的全美巡迴演唱會，而在前一年11月左右開始透過售票業者進行演唱會門票預售。然而由於泰勒斯的巡迴演唱會人氣過高，大量購票人潮湧入預

售網站，導致美國規模最大的售票業者票務大師的售票系統癱瘓，造成了全國性的大騷動。因為此騷動，美國議員於議會中對票務大師的母公司理想國演藝的負責人做出激烈的質詢。

> Lawmakers grilled a top executive of Ticketmaster's parent company, Live Nation Entertainment, on Tuesday after the service's inability to process orders for Taylor Swift's upcoming tour left millions of people unable to buy tickets late last year.
> （中略）
> "I want to congratulate and thank you for an absolutely stunning achievement," Sen. Richard Blumenthal said to Berthold. "You have brought together Republicans and Democrats in an absolutely unified cause."
>
> (CNN, 2023/1/24)

單字註解

單字	詞性	中文
lawmaker	名	議員、立法委員
grill	動	質詢、審問
executive	名	高層主管、經理
parent company	名	母公司
congratulate	動	祝賀
stunning	形	令人震驚的
achievement	名	成就
unified	形	統一的
cause	名	原則、原因

> 💬 **譯文**
> 國會議員週二對票務大師母公司理想國演藝的高層主管提出嚴厲質問，因該公司去年在預售泰勒斯即將到來的巡迴演唱會門票時，無法處理大量訂單，導致上百萬名粉絲無票可買。（中略）
> 參議員理察·布魯門塔對貝特霍爾德表示：「我想對貴公司驚人的成就表達恭賀及感謝。你們成功讓共和黨與民主黨的黨員達到了完全的團結一致。」

我們來看這篇報導的內容。開頭提到「國會議員週二對票務大師母公司理想國演藝的高層主管提出嚴厲質詢（Lawmakers grilled a top executive of Ticketmaster's parent company, Live Nation Entertainment）」。請各位注意這邊使用了 grill 來表達「嚴厲質問」之意。像這種議員因某事件要求相關人士或證人至議會進行究責的狀況在英文中被稱為 grill，是新聞英語中很常出現的詞彙。

那為何這些議員要像企業負責人究責呢？只要讀後面以 after 開頭的句子就會知道了。文中提到因為「票務大師無法處理即將舉行的巡迴演唱會預售門票訂單（the service's inability to process orders for Taylor Swift's upcoming tour）」，所以「導致上百萬名粉絲無法購票（left millions of people unable to buy tickets）」。

另外想提醒一個重點，我在前作中有提及新聞英語的特徵是習慣使用無生命名詞作為句子的主詞。本文中 the service's inability to process orders 這句話即是使用無生命名詞作為主詞。

接著終於來到本篇報導的關鍵段落。針對出問題的票務大師母公司主管，參議員理察‧布魯門塔嘲諷地說「我想對貴公司驚人的成就表達恭賀及感謝（I want to congratulate and thank you for an absolutely stunning achievement）」。面對這位造成撼動全美大事件的企業主管，布魯門塔單說一句「我想恭賀並感謝貴公司（I want to congratulate and thank you）」就已經夠嘲諷了，但他還加油添醋地又補上一句「對於貴公司驚人的成就（for an absolutely stunning achievement）」，讓這句話的諷刺之意達到極致。

但布魯門塔的嘲諷並不僅止於此。緊接著他又補充道，此事件導致原本事事都要唱反調的「共和黨與民主黨的黨員達到了完全的團結一致（brought together Republicans and Democrats in an absolutely unified cause）」，這句話可真謂是諷刺中的諷刺之王啊。

盡可能不有趣的運動

接下來這篇是有關美式足球的報導。美式足球在美國至今仍是最受歡迎的運動，不論男女老少都有眾多狂熱粉絲。不過即使美式足球如此受歡迎，近年來有越來越多人批評比賽內容不比過去有趣。這篇報導就用了滿滿的反諷，來描述美式足球越來越不有趣的狀況。

> **A sport striving with all its might to become less interesting** just held the first chockablock Saturday of its fresh season, and it seemed more aching than ever to scour that Saturday for the charms it might have yielded.
>
> (Washington Post, 2023/9/3)

單字註解

strive	動	努力
might	名	威力、力量
chockablock	形	塞滿的
aching	形	疼痛的、心痛的
scour	動	搜索、追尋
charm	名	魅力
yield	動	產生、產出

譯文

一項正盡全力變得越發無趣的運動，在週六迎來了新賽季的首場比賽，雖然賽場人聲鼎沸，但觀眾要從這場週六賽事中，挖掘出此項運動所剩無幾的魅力，似乎比以往更加困難。

這篇報導的作者查克·卡爾佩珀（Chuck Culpepper）是華盛頓郵報知名的體育記者，他的文章以辛辣反諷而聞名。我們來看卡爾佩珀在這篇報導中用了何種諷刺。報導開頭即為諷刺表現，他將美式足球形容為「一項正盡全力變得越發無趣的運動（A sport striving with all its might to become less interesting）」，使用極度強烈的反諷來描述近期美式足球比賽有多無聊。

越來越無趣的美式足球迎來了新賽季，即使首場比賽中觀眾席如以往一般「大爆滿（chockablock）」，但卡爾佩珀觀賽後的心得仍是「要努力從這場週六的賽事中，挖掘出此項運動所剩無幾的魅力，似乎比以往更加困難（more aching than ever to scour that Saturday for the charms it might have yielded）」。

這邊使用了 aching 此形容詞，一般來說 aching 在大多數文章中指「心痛」的意思。但在此指的不是「心痛」，而是「迫切盼望」、「渴望」的意思。也就是說，因為星期六的這場美式足球賽比過往更無聊，所以觀眾們都更「渴望」其能展現如同往年的魅力。

除了攻擊與防守之外一切順利的美式足球隊

我還想介紹另一篇有關美式足球的報導給各位。這篇報導是有關美國大學足球隊中的超強名校之一，阿拉巴馬大學的美式足球隊。阿拉巴馬大學的美式足球隊過去曾榮獲 18 座全國冠軍（記錄至 2023 年），「提到阿拉巴馬就想到美式足球」對美國人而言已是基本常識。自 2007 年開始持續擔任球隊教練的尼克·薩班也是全美最有名的教練之一。自他上任以來，已帶領阿拉巴馬大學球隊獲得 6 次全美冠軍。

像阿拉巴馬大學這樣的超級強隊，卻在 2023 年賽季開始後狀況低迷，敗給了實力不及自已的德克薩斯大學（雖說實力不如阿拉巴馬大學，但該校仍是美式足球強校）。以下為一篇描述阿拉巴馬大學慘烈賽況的諷刺報導。

Alabama had real problems, and Saban knew it. But the warnings never registered, at least not until Texas came into Tuscaloosa and laid a 34-24 beatdown on a program that looked like a shell of what it once was.

What this game revealed about Alabama is shockingly simple: **Right now, the Crimson Tide isn't very good on offense or defense. Other than that, things are just great.**

(USA TODAY, 2023/9/10)

單字註解

register	動 受到注意、被意識到
lay a beatdown	慣 痛擊、痛宰
reveal	動 揭露、顯示
Crimson Tide	名 紅潮隊（阿拉巴馬大學足球隊的暱稱）

譯文

阿拉巴馬大學球隊確實有狀況，而教練薩班心知肚明。但至少在德克薩斯大學來到塔斯卡盧薩，並以34比24痛宰這支看來只餘空殼的隊伍前，所有警訊都沒被教練放在心上。這場比賽所暴露的問題極其簡單：目前的紅潮隊並不擅長防守與進攻，除此外一切都好。

報導一開頭就明述阿拉巴馬大學美式足球隊「面臨真正的問題（Alabama had real problems）」，並且說教練「薩班心知肚明

（Saban knew it）」。那麼薩班和其他隊員是否有認知到球隊的問題呢？報導中提到，與這些問題相關的「所有警訊都沒被放在心上（the warnings never registered）」。

文中接著描述，團隊一直到對手德克薩斯大學來到塔斯卡盧薩（阿拉巴馬大學的主場城市），並「以34比24痛宰這支看來只餘空殼的隊伍（laid a 34-24 beatdown on a program that looked like a shell of what it once was）」之後，才真正理解到這個問題的重要性。

單字註解中有寫道，lay a beatdown 指的是「痛擊」的意思，而 get a beatdown 則表示與其相反的「被痛擊」之意。另外此處使用了 shell（空殼）一字，來批判球隊即使外表看起來與過往相同，實際上卻空無實力。

接下來這段則狠狠嘲諷了阿拉巴馬大學的表現。作者先提到「這場比賽所暴露出阿拉巴馬大學的問題極其簡單（What this game revealed about Alabama is shockingly simple）」，並在冒號之後實際寫出問題點。也就是「目前阿拉巴馬大學球隊不擅長防守與進攻（Right now, the Crimson Tide isn't very good on offense or defense）」，而後說「除此外一切都好（Other than that, things are just great）」真是嘲諷感滿點。

各位有看出為何「除此外一切都好」是很強烈的嘲諷嗎？我想大家都知道，美式足球這種比賽（其他運動賽事也一樣）基本

上就分為攻擊和守備兩部分。若說一個隊伍進攻和防守兩項都做不好，就等同於說球隊狀況極差。所以「除此外一切都好」即是作者在諷刺隊伍完全沒有任何優勢之意。

成為防蚊液的川普

2022年所舉行的美國期中選舉結果與選前預想大相逕庭，共和黨未如預期勝出，而民主黨則獲得出色的成績。接下來這篇報導即為有關這場選舉後川普的狀況。政治人物與媒體大多將共和黨在期中選舉表現不佳的原因歸咎於川普。

After three straight national tallies in which either he or his party or both were hammered by the national electorate, it's time for even his stans to accept the truth: **Toxic Trump is the political equivalent of a can of Raid.**
What Tuesday night's results suggest is that Trump is perhaps the most profound vote repellent in modern American history.
The surest way to lose in these midterms was to be a politician endorsed by Trump.

(New York Post, 2022/11/9)

單字註解

tally	名 記帳、數字相關記錄
hammer	動 捶打、重擊

electorate	名 選民
stan	名 超級粉絲
equivalent	名 相等之物
profound	形 深刻的、強烈的
repellent	名 驅逐、驅蟲劑
endorse	動 支持、認可

> **譯文**
>
> 在川普、其所屬政黨，或兩者共同經歷過連續三次在選舉中遭到全國選民重擊的記錄後，就連他的死忠粉絲都要承認，有毒的川普在政治上的效果等同於一罐雷達驅蟲劑。週二晚間的選舉結果顯示，川普大概是現代美國史上最強效的選票驅蚊液。政治人物在期中選舉中最有效的落選方法即是獲得川普的支持。

報導開頭先描述現實情況「川普、其所屬政黨，或兩者共同經歷過連續三次在選舉中遭到全國選民重擊（After three straight national tallies in which either he or his party or both were hammered by the national electorate）」。接著作者以此現實為依據，主張「川普的死忠粉絲是時候接受現實了（it's time for even his stans to accept the truth）」。

接下來，冒號後面敘述了川普的粉絲該面對的現實。即「有毒的川普在政治上的效果等同於一罐雷達驅蟲劑（Toxic Trump is the political equivalent of a can of Raid）」。我想對各位而言這篇文章比較難理解的部分正是這句 a can of Raid。曾在美國生活過的

讀者們可能會知道，Raid（雷達）是美國極具代表性的驅蟲產品，人們在野外烤肉或露營時經常會使用。因此，作者於此處是在反諷川普幾乎成為了像驅蟲劑一般在驅除選票。接著，這篇報導繼續攻擊川普，「週二晚間選舉結果顯示（What Tuesday night's results suggest）」，川普大概已成為現代美國史上最強效的選票驅蚊液（vote repellent）。這邊的 vote repellent 翻譯為「選票驅蚊液」，即指川普如同驅蟲劑一般，讓選民會因為討厭他而不投其支持的候選人或政黨。也就是說 political equivalent of a can of Raid 和 vote repellent 是將同一種嘲諷手法換句話說。

而作者對川普的諷刺還不僅於此。他於報導結尾使出最終一擊，諷刺道「政治人物在期中選舉中最有效的落選方法即是獲得川普的支持（The surest way to lose in these midterms was to be a politician endorsed by Trump）」。

與擲硬幣一樣貴重的專家意見

接下來是一篇有關世界經濟論壇的年會報導。這是一個每年集結全世界政治與經濟界的菁英，針對當年度的世界經濟與國際情勢進行討論的知名集會。我本人也從1998年開始連續3年獲得了出席世界經濟論壇的機會，進入會場後，常會與過去只在電視上看過的大國總統、首相、能源大臣，甚至是知名企業家及學者等人擦身而過。另外，到餐廳用餐時，很可能碰到隔壁桌就坐著知名的政治家或世界知名的企業家在吃飯或開會。

正因世界經濟論壇是集結全世界政治家、企業家、知識分子的會議，我想有不少人會認為這場會議中，對於當年度世界經濟及國際情勢的相關預測都是正確的。不過根據下面這篇報導的說法，現實似乎並非如此。

Trying to forecast the state of the world each year by gauging the mood of participants at the annual meeting of the World Economic Forum in Davos is **as valuable an exercise as flipping a coin.**

That long-held suspicion was confirmed by an analysis in the Financial Times last week. Scouring data from a half-century of Davos conferences, it found that **the consensus of the elites who gather there every January is almost exactly as likely to be wrong as right.**

(Wall Street Journal, 2023/1/23)

單字註解

forecast	動	預測
gauge	動	判斷、估計
participant	名	參與者
valuable	形	有價值的
suspicion	名	懷疑、疑心
confirm	動	確定、確認
analysis	名	分析
scour	動	搜索、細查

> 💬 **譯文**
> 要根據來達佛斯參加世界經濟論壇的與會者情緒來預測每年世界情勢，根本無異於透過擲硬幣來預測。世人長期對於這場會議的懷疑，終於在上週金融時報的一篇分析中得到了驗證。該報回顧了世界經濟論壇過去半世紀的紀錄，發現這群菁英在每年一月集會得出的共識結果，錯誤率幾乎與正確率相當。

作者在第一句話即表示，根據該論壇參與者所預測的當年度世界經濟與政治走向並不如人們所想的正確。報導中極其諷刺地描述，世界經濟論壇每年在達佛斯主辦的年會是「試圖根據與會者的情緒來預測每年世界情勢（Trying to forecast the state of the world each year by gauging the mood of participants）」，而「其價值根本跟擲硬幣沒有兩樣（as valuable an exercise as flipping a coin）」。擲硬幣時出現正面與反面的機率幾乎是各半，因此這句話是在諷刺參加世界經濟論壇學者們的見解一點也不準。

那麼作者如何知道世界經濟論壇的預測不準呢？報導接下來提到：「世人長期對於這場會議的懷疑，終於在上週金融時報的一篇分析中得到了驗證（That long-held suspicion was confirmed by an analysis in the Financial Times last week）」。在這篇分析中，金融時報「仔細回顧了世界經濟論壇過去半世紀的紀錄（Scouring data from a half-century of Davos conferences）」，結果「發現這群菁英在每年一月集會得出的共識結果，錯誤率幾乎與正確率相當（it found that the consensus of the elites who gather there every January is almost exactly as likely to be wrong as right）」。

放棄公開數據就能解決問題

接下來這篇報導跟中國有關。近年來,中國年輕人的失業率高速攀升,成為了社會不安定的主因之一。中國政府提出一個對策來因應此問題,不過下面這篇報導卻狠狠嘲諷了中國政府的這項政策。

> China's soaring levels of youth unemployment have heightened fears the world's second-largest economy is heading for a crippling slowdown. **Beijing has come up with a solution: It will stop releasing the numbers.**
>
> (Washington Post, 2023/8/15)

單字註解

soaring	形	高聳的、攀升的
unemployment	名	失業
heighten	動	增高
head for	慣	前往
crippling	形	嚴重削弱的
slowdown	名	衰退、不景氣
release	動	發布、公布

💬 譯文

中國青年的失業率持續攀升,使外界更加擔憂這個世界第二大經濟體即將迎來毀滅性的景氣衰退。對此,北京當局想到了一個解決方案:停止公開相關數據。

報導一開頭就提到「中國青年的失業率持續攀升（China's soaring levels of youth unemployment）」導致「擔憂加深（heightened fears）」。此擔憂指的是什麼呢？後面詳細描述了這是世人對於「世界第二大經濟體即將迎來毀滅性的景氣衰退（the world's second-largest economy is heading for a crippling slowdown）」的擔憂。中國政府一向主張「明天會更好」，以維護社會安定。當此主張崩潰時，人民將開始懷疑中國共產黨的執政正當性，恐會加速社會秩序崩壞、造成混亂。

其中，青年失業率提升與經濟狀況惡化可能將導致青年族群的激烈反應，因此中國政府才會盡全力隱瞞失業率攀升的事實。報導中接著提到，「北京政府針對此狀況提出了解決方法（Beijing has come up with a solution）。作者在冒號後以極度強烈的諷刺手法揭示了這個解決方法的實質內容，也就是「停止公開數據（It will stop releasing the numbers）」。即是說，中國政府提出的解法根本不是「積極地解決問題」，而是「隱藏青年失業率高的事實」。

本文中出現了中國的首都名稱Beijing，在英語新聞報導中，經常會出現像這種用該國首都來代指當權政府的寫法。例如美國政府就會被寫作Washington，日本政府則以Tokyo表示。

彭斯的野心妨礙了他的判斷力

接下來這篇新聞描寫過去曾任川普副手的麥克·彭斯。我們在前面章節也提過彭斯，他於2024年的總統選舉中與川普決裂，成為總統候選人（最終退出總統選戰）。彭斯在就任副總統前曾任職眾議院議員與印第安那州州長，單從經歷上來看絕對夠格擔任總統一職。不過由於彭斯與川普對立、願意支持他的共和黨員也不多，當時從現實面來看幾乎不可能選上總統。為什麼彭斯要參戰總統大選呢？本篇報導狠狠地揶揄了彭斯當初做出的判斷。

> Pence is a photo negative image of contemporary attractiveness, simultaneously repelling Republicans, Democrats and independents. **In his bewildering belief that he might become president, he demonstrates the power of ambition to cloud the mind of even the most experienced politician.**
>
> (Washington Post, 2023/6/5)

單字註解

contemporary	形	當代的
attractiveness	名	吸引力
simultaneously	副	同時地
repel	動	驅逐、使厭惡
bewildering	形	使人困惑的
ambition	名	野心
cloud	動	使迷惑、使不清楚
experienced	形	經驗豐富的

> 💬 譯文
> 彭斯是一個完全背離當代魅力的存在,同時讓共和黨、民主黨與無黨派人士都對他敬而遠之。從他荒唐地相信自己有機會成為總統一事,彭斯充分展現了即使是身經百戰的政治家,野心仍能蒙蔽一個人的理性判斷。

本篇報導一開場就狠狠揶揄了彭斯一番。文中提到「彭斯是一個完全背離當代魅力的存在(Pence is a photo negative image of contemporary attractiveness)」,是個毫不留情的嘲諷。接著作者描述彭斯實在太沒魅力了,以至於不只他所屬的共和黨,「連民主黨員、無黨派的民眾都對他敬而遠之(simultaneously repelling Republicans, Democrats and independents)」。

接下來又追加了一段嘲諷,描述「他荒唐地相信自己有機會成為總統(In his bewildering belief that he might become president)」,這句話暗指彭斯參選總統進而當選的可能性近乎於零。接著,作者狠狠嘲諷了彭斯參選毫無勝算的總統選舉之舉,描述彭斯對自己無來由的信心,「證明了即使是身經百戰的政治家,野心仍能蒙蔽一個人的理性判斷(he demonstrates the power of ambition to cloud the mind of even the most experienced politician)」。

表現糟到令人意外的美國女子足球隊

接下來這篇是有關去年夏天所舉辦的女子足球世界盃報導。眾人原本都對於過去稱霸天下無敵手的美國女子足球隊（USWNT）於本場比賽中的表現充滿期待，結果該隊卻出乎意料地未能獲得好成績，被迫早早敗退回國。

不少評論家和球評都對美國隊的「慘狀」做出激烈的批判。下面這篇報導即為在 CNN 等媒體上以毒舌球評及記者身分聞名的英國記者皮爾斯‧摩根發表於紐約郵報的文章。正因摩根是以辛辣毒舌出名的人物，他對戰果慘烈的美國女子足球隊之批評可說是狠辣至極、毫不留情。

> For the first time in all nine Women's World Cups since the competition began in 1991, it crashed out in the last 16 knock-out stage, and that was after it had become the first USWNT team to earn fewer than six points in the group stage.
> **So, Biden is right that this team is "something special," but only because it's uniquely bad.**
>
> (New York Post, 2023/8/7)

單字註解

competition	名	比賽
crash	動	墜毀、崩潰
earn	動	獲得、贏得
uniquely	副	獨一無二地

> **譯文**
>
> 自1991年第一屆女子足球世界盃以來，美國代表隊打破過去9屆的紀錄，在16強淘汰賽便敗退出局。在此紀錄前，該隊也是第一次在小組賽中得分低於6分。從此角度來看，該隊確實如拜登所言「非常特別」，只因其特別的差。

各位看上面的文章也大概猜得到，拜登在美國女子代表隊於16強淘汰賽敗退後，還是發表聲明稱讚該隊伍"something special"，並大力讚揚她們在賽場上的活躍表現。對身為一國元首的總統來說，拜登發表聲明讚揚國家代表隊是非常理所當然的事，也是必要的禮儀。不過記者顯然無法忍受總統出於禮儀的讚賞。

摩根故意反向解讀拜登總統的發言，寫道Biden is right that this team is "something special," but only because it's uniquely bad（該隊確實如拜登所言「非常特別」，只因其特別的差）。這段話可說是非常狠的諷刺了。

臺灣人一般不太習慣如此辛辣的諷刺與揶揄，因此臺灣主要的

幾家報社也不太會出現這樣的描述。不過如各位所見，歐美的主流媒體其實會很理所當然的刊登這些報導，而歐美讀者也偏好這種帶有強烈諷刺或揶揄意圖的文章。透過這些反諷表現來監督並批判當權者及重要人物，正是多數國民認為應有的新聞精神。

約翰‧凱瑞排廢氣

接下來這篇報導是一篇令人發笑（hilarious）的文章，主角是美國知名政治人物約翰‧凱瑞。凱瑞原為民主黨總統候選人，在歐巴馬執政期間曾任國務卿。後擔任拜登政府的氣候特使，在美國政治圈可說是舉足輕重的角色。

凱瑞在2023年12月代表美國政府參加於杜拜舉行的氣候變動會議COP 28，卻於討論會席間放屁，屁聲還很不幸地被麥克風收到音，讓現場與會人員聽見。氣候變動會議的主要目的為討論減少溫室氣體排放的解決方案，然而在這場討論中佔有主導地位的美國政府代表卻自己在國際會議現場排放多餘氣體（emissions）。下面這篇紐約郵報的文章便在開頭就大肆嘲諷凱瑞，並批評這起讓美國政府丟臉不已的事件。

> **John Kerry might need to cut back on his own emissions.** The Biden administration's climate envoy was discussing US policy on coal power plants at the Climate Change Conference in Dubai on Sunday when Kerry may have unleashed a burst of **wind energy**.（中略）

第4章

Before Kerry can complete his thought, the crude sound of **passing gas** can be heard over the microphone. The crowd breaks into applause, apparently oblivious to the crude theatrics. CNN's Anderson – sitting to Kerry's right and within striking distance of a potential **bodily function** – quickly jerks her hand aside and inconspicuously places her hand to her mouth, possibly in the event of any stench permeating the climate panel. (中略)
Larry O'Connor of Townhall Media said Kerry's alleged **flatulence** was an embarrassment to the U.S.
"The biggest problem, during this entire exchange, representing us, the United States of America, he ripped a **fart** out," O'Connor said. He let loose with **flatulence** on an international stage."

(New York Post, 2023 / 12 / 4)

單字註解

cut back on	慣 減少、縮減
emission	名 排放
envoy	名 使節、代表
unleash	動 突然釋放、使爆發
theatrics	名 誇張的舉止、戲劇表演
stench	名 惡臭
permeate	動 滲透、瀰漫
alleged	形 被指控的
flatulence	名 腸胃脹氣
fart	名 屁

> 💬 譯文
> 約翰·凱瑞可能需要減少自己的廢氣排放量了。拜登的氣候特使凱瑞在週日於杜拜的氣候會議上討論美國的火力發電政策時，似乎意外釋放了一股風力能源。（中略）
> 在凱瑞結束發言前，一道出自於排氣的粗鄙聲響透過麥克風傳遍全場。在場群眾演技拙劣的一致鼓掌叫好，彷彿未曾察覺到凱瑞突如其來的粗俗表演。當時坐在凱瑞右側，且與凱瑞的距離近到可能將遭受肉體波及的CNN記者安德森，當下快速並低調地伸手遮住口鼻。大概是擔心惡臭開始在會場擴散開來。（中略）
> 城鎮媒體的拉瑞·歐康納批評凱瑞的腹部脹氣是美國之恥。「最大的問題是，他以美國代表身分出席會議時竟放了個屁」，歐康納表示，「他居然在這種國際會議上洩出氣體。」

各位覺得如何呢？報導開頭這句John Kerry might need to cut back on his own emissions（約翰·凱瑞可能需要減少自己的廢氣排放量了），就狠狠諷刺了凱瑞一番。同時，此句也會引起讀者對於後續內容產生極大興趣。這句話讀起來確實很有趣，但我們單看這句話還是不太明白凱瑞到底做了什麼。

接下來，文中更詳細地描述了凱瑞到底是在何種場合放了屁。報導中提到凱瑞是在「杜拜的氣候會議（Climate Change Conference in Dubai）」上，於討論「美國的火力發電政策時（US policy on coal power plants）」放了屁，屁聲還不幸地「透過麥克風傳遍全場（can be heard over the microphone）」。

接著，報導中還描述坐在凱瑞右側的CNN記者安德森「當下快速地低調伸手遮住口鼻（quickly jerks her hand aside and inconspicuously places her hand to her mouth）」。最後，本文引用了記者拉瑞·歐康納的評論，他提到「凱瑞的腹部脹氣是美國之恥（Kerry's alleged flatulence was an embarrassment to the U.S.）」，並且「最大的問題是，他以美國代表身分出席會議時竟放了個屁。他居然在這種國際會議上洩出氣體。（The biggest problem, during this entire exchange, representing us, the United States of America, he ripped a fart out. He let loose with flatulence on an international stage）」。

先不論這種有點粗鄙的報導根本不會出現在臺灣報章雜誌上，連講求「好寶寶英語」的紐約時報和華盛頓郵報等主流媒體（main stream media）也不太會出現這種報導。從此角度來看，我們若閱讀當初刊登這篇報導的紐約郵報等歐美一般民眾所讀的大眾報紙，即能從其內容中學到許多有用的英語用法。我非常建議喜歡英語的讀者可以多嘗試閱讀。

另外，這篇報導中還有個英語技巧希望各位特別注意一下。就是文中標示為粗體字的emissions, wind energy, passing gas, bodily function, flatulence, fart全都在代指放屁。之前提過新聞英語十分喜歡這種換句話說的技巧。

紐約以外的城市都是垃圾

本章終於也來到最後一篇報導。作為本章的壓軸，我特別選了這篇適合當作結尾的報導介紹給各位。這是一篇充滿新聞英語獨有嗆辣諷刺感的報導，是我個人認為無人能出其右的「秀逸之作」。

該報導的內容為美國新聞與世界報導針對全美100個城市的生活費與生活品質等進行排名，結果紐約居然在100個城市中位居第96名敬陪末座。作者因此寫了一篇文章火力全開地譏諷全美的其他重要城市。

US News and World Report recently analyzed 100 American cities and found New York City to be 96th based on cost of living, the job market and general quality of life.（中略）
There seems to be a study or poll like this every other day that attempts to prove you'd be crazy for moving to New York City – and nuts to stay if you already live there. And yet, each year, the population of New York increases as new people arrive and most of the old people don't go anywhere.
The inferiority complex that fuels these anti-NYC "studies" is proof enough that they live in what is still the greatest city in the world.（中略）

Seattle has coffee. Chicago has something they call pizza, though it's unclear why. Detroit has hot dogs and all the excitement of a post-apocalyptic urban wasteland.
Nobody writes "goodbye to all that" tracts when they leave Milwaukee because, well, it's Milwaukee, of course you're leaving.（中略）
No child grows up in some podunk town dreaming of the day they'll make it to San Francisco or Portland. If you tell kids they'll end up in Washington, DC, they'll wonder what they did wrong.

(New York Post, 2016/3/6)

單字註解

analyze	動 分析
cost of living	名 生活費用
inferiority complex	名 自卑情結
fuel	動 刺激、添加燃料
proof	名 證明
apocalyptic	形 末世的
wasteland	名 荒地
tract	名 短文、大片土地
podunk	名 偏僻小鎮

> 💬 譯文
>
> 美國新聞與世界報導近日分析了全美100個城市的生活費、就業市場與整體生活品質之數據，最終發現紐約市位列第96名。
>
> （中略）
>
> 似乎每隔幾天就會有類似的研究或調查，試圖證明搬去紐約是個瘋狂的選擇，或證明待在紐約市不搬離的人簡直不可理喻。然而，紐約市的人口仍逐年增長，不斷有新的外來人口流入，而大部分的原居民也未選擇離開。這些「反紐約研究」背後的自卑情結，正證明了紐約人正住在世界上最棒的城市之一。（中略）
>
> 西雅圖有咖啡。芝加哥有某種他們自己莫名其妙稱為披薩的東西。底特律有熱狗和一切後末日風格城市廢墟所能提供的刺激感。而沒有人在離開密爾瓦基的時候會特別寫長篇大論來告別，因為，嗯，那是密爾瓦基，你當然想離開。（中略）
>
> 沒有一個出身偏鄉的小孩會夢想自己將來會去舊金山或波特蘭。若你對孩子說他最終將定居於華盛頓特區，他大概會懷疑自己到底做錯了什麼。

我們來看看這篇報導。報導開頭便揭露了令人震驚的調查結果，描述「美國新聞與世界報導近日分析了全美100個城市的生活費、就業市場與整體生活品質之數據，最終發現紐約市位列第96名（US News and World Report recently analyzed 100 American cities and found New York City to be 96th based on cost of living, the job market and general quality of life）」。紐約的物價確實比其他城市高，治安也絕對不好，存在各種社會問題。即使如此，在100個城市中排第96名也未免讓人覺得太低。

況且，我想如同撰寫本篇報導的記者一樣，許多紐約客都對這樣的研究感到厭煩與不快。這名記者會寫出本篇報導，大概也是出自於對這種「反紐約」心態的反動情緒吧，所以他在文章中大肆諷刺了其他美國城市。

第二段提到「似乎每隔幾天就會有類似的研究或調查，試圖證明搬去紐約是個瘋狂的選擇，或證明待在紐約市不搬離的人簡直不可理喻（There seems to be a study or poll like this every other day that attempts to prove you'd be crazy for moving to New York City – and nuts to stay if you already live there）」，文中表示這類調查與研究正說明了「反紐約」情緒有多麼的強烈。另外在文句上，這段先使用了 crazy 這個形容詞，後面則換句話說使用了 nuts 這個語意相同的詞彙。各位可以特別注意一下。

我們回到本文。作者話鋒一轉，描述即使前面提到這種「反紐約」情緒非常強烈，「紐約市的人口仍然逐年增長，不斷有新的外來人口流入，而大部分的原居民也未選擇離開（And yet, each year, the population of New York increases as new people arrive and most of the old people don't go anywhere）」。其後，作者還補上一句，「這些『反紐約研究』背後的自卑情結，正證明了紐約人住在世界上最棒的城市之一（The inferiority complex that fuels these anti-NYC "studies" is proof enough that they live in what is still the greatest city in the world）」。也就是說，「反紐約」聲浪高漲一事，其實正反向證明了紐約市為世界上最棒的城市之一。這邊請各位注意文中在提到 anti-NYC "studies" 的時候，於

studies一詞使用了引號。為什麼要對studies用引號呢？這是作者在諷刺這些所謂的studies（研究）其實不過是出自於「反紐約」心態的產物，並非真正的研究。

而作者的反諷這才剛開始。文中接著列舉出實際的城市名稱，正式開啟嘲諷戰。下一段提到「西雅圖有咖啡。芝加哥有某種他們自己莫名其妙稱為披薩的東西（Seattle has coffee. Chicago has something they call pizza, though it's unclear why）」。多數臺灣人大概也知道，星巴克出自西雅圖，因此西雅圖可說是以咖啡聞名的城市。不過我想可能很多人不知道芝加哥的披薩也很有名。美式披薩分為厚片式的Chicago-style pizza和以薄片式為主流的New York-style pizza兩派，因此這裡是用「芝加哥有某種他們自己莫名稱為披薩的東西」這句話來狠狠諷刺Chicago-style pizza。

報導中對於其他城市也毫不留情的揶揄了一番。例如「底特律有熱狗和一切後末日風格城市廢墟所能提供的刺激感（Detroit has hot dogs and all the excitement of a post-apocalyptic urban wasteland）」這句話，也是對底特律的尖酸諷刺。另外對與底特律同為中西部城市的密爾瓦基，文中更毫無保留的嘲諷道「沒有人在離開密爾瓦基時會特別寫長篇大論來告別，因為，嗯，那是密爾瓦基，你當然想離開（Nobody writes "goodbye to all that" tracts when they leave Milwaukee because, well, it's Milwaukee, of course you're leaving）」。

當我們覺得作者如此把其他城市都揶揄一輪後應該差不多時，本文甚至還要更執拗的繼續攻擊其他城市。接下來的目標是西岸的舊金山和波特蘭這兩個城市。報導中描述「沒有一個出身偏鄉的小孩會夢想自己將來要去舊金山或波特蘭。（No child grows up in some podunk town dreaming of the day they'll make it to San Francisco or Portland）」，又是火力全開的嘲諷。這邊用到的 podunk 一字，指的是「無趣且毫無生機的無名鄉下小鎮」。此字據說出自美國原住民歐岡昆族人的語言，意為「沼澤」。實際上紐約州似乎也有一個名為 podunk 的城鎮，但一般美國人看到 podunk 一字不太會聯想到實際地點，而是單純解讀為「無名小鎮」之意。

稍微離題了，我們再回到報導上吧。本篇文章至此已如各位所見將美國多個主要城市都狠狠酸了一遍，最終收尾部分則針對首都華盛頓特區做了以下諷刺。「若你對孩子說他最終將定居於華盛頓特區，他大概會懷疑自己到底做錯了什麼（If you tell kids they'll end up in Washington DC, they'll wonder what they did wrong）」。這真可謂是一場無差別式的嘲諷攻擊。別說是臺灣主流媒體，就連週刊雜誌也不可能刊載此種滿是嘲諷的報導。因此，臺灣讀者比較不習慣閱讀這種充滿諷刺的報導，剛開始看新聞英語時遇到這類文章，可能會感到些許困惑。但隨著讀過的英語報導越來越多，各位就會發現此類反諷或揶揄性質的報導其實多不勝數，在新聞英語中可謂是理所當然的存在。

第 5 章
絕妙的形容詞

我在長年閱讀新聞英語的過程中強烈感受到的一個重點是，這些報導會巧妙地選用適當的形容詞，使讀者鮮明的想像出報導內容。每天刊登在報章雜誌上的新聞報導多不勝數，記者必須在寫作技巧上使盡各種修辭技巧來吸引讀者的注意。若寫得不有趣，就沒人會閱讀平淡無奇的文章，甚至會影響記者本人的風評。

在新聞報導的修辭技法中，佔據極重要地位的即為形容詞的部分。在說明一個事件時，光是形容詞的使用選擇差異，就會影響文章是否能清晰地將內容傳達給讀者。因此記者們在說明或傳達事件背景時，必須絞盡腦汁思考最恰當的形容詞。

一流的記者如此絞盡腦汁想出的形容詞絕不可能不有趣。因此這些新聞報導中出現的形容詞都十分值得我們學習，未來不管在英文寫作或對話上都將對我們大有助益。未來各位在讀英語報導時，也請務必留意文中出現了哪些形容詞。

中國經濟的 meteoric growth

那麼接著，我要來介紹形容詞用得很巧妙的新聞報導了。第一篇是有關陷於內憂外患中國的報導。

> On a host of fronts, China's domineering leader seems to be fighting fires. Abroad, President Xi Jinping is confronted by a hardening consensus against Beijing in the West, as well as ever-present friction with regional powers and neighbors. At home, Xi presides over a hinge moment for the Chinese economy. Its **meteoric growth** has slowed, a brief post-pandemic surge petered out, analysts point to profound structural issues undermining China's future prospects.
>
> (Washington Post, 2023/9/5)

單字註解

a host of	慣	許多
domineering	形	專橫跋扈的、控制慾強的
confront	動	面對
friction	名	摩擦
preside over	慣	掌管、主持
hinge	形	關鍵的
surge	名	劇烈上升
peter out	慣	逐漸消失
profound	形	極度的、強烈的

149

structural	形	結構性的
undermine	動	逐漸損害
prospect	名	前景

> 💬 **譯文**
>
> 中國的暴君領袖似乎在多個議題上疲於奔命。對外，習近平主席面臨西方世界對北京政權逐漸強化的對抗共識，且與鄰近強國的摩擦也持續存在。對內，習主席則處於中國經濟的重要轉捩點。中國過往同彗星般的絢麗成長期逐漸放緩，疫情後的短暫景氣復甦也已然衰退。分析師指出中國經濟存在深層的結構性問題，並將可能削弱其未來的發展前景。

我們來看看這篇報導。開頭提到「中國的暴君領袖似乎在多個議題上疲於奔命（On a host of fronts, China's domineering leader seems to be fighting fires）」。這邊「中國的暴君領袖」不必多說當然指習近平主席（President Xi）。

接著，文中分別從海外及國內兩種面向具體說明了習近平遇到的困境。首先提到「對外，習近平主席面臨西方世界對北京政權逐漸強化的對抗共識（President Xi Jinping is confronted by a hardening consensus against Beijing in the West）」。而習近平面臨的海外問題還不只西方列強。文章接著描述「與鄰近強國的摩擦也持續存在（as well as ever-present friction with regional powers and neighbors）」。另外「對內，習主席則處於中國經濟的重要轉捩點（Xi presides over a hinge moment for the Chinese economy）」。這邊用到了 preside over 這個慣用語。如同單字註解所述，這個詞原本指的是「掌管、承擔」，衍生為「對應、面臨」之意。另外文中還出現 hinge moment 這個用法。我想這個用法在字典中較不常見，它指的是 an event or moment that is pivotal or crucial（重要的瞬間或事件），口語上十分常用。

那習近平在國內遇到的 hinge moment 到底是什麼樣的狀況呢？報導中提到「中國過往同彗星般的絢麗成長期逐漸放緩，疫情後的短暫景氣復甦也已然衰退。分析師指出中國經濟存在深層的結構性問題，並將可能削弱其未來的發展前景（Its meteoric growth has slowed, a brief post-pandemic surge petered out, analysts point to profound structural issues undermining China's future prospects）」，描繪了習近平面臨的重大難題。

我在本章選這篇報導，想請各位注意的絕妙形容詞，即為以粗體字標示的 meteoric growth。meteoric 是 meteor（流星、隕石）的形容詞用法，指的是如流星般「絢爛」的意思。另外 meteoric 也有像流星一般「稍縱即逝」之意，表達了中國經濟雖然「蓬勃發展」，持續時間卻可能「轉瞬即逝」。其選詞可謂非常巧妙。

處於 abysmal state 的美中關係

接下來這篇也是跟中國有關的報導，不過重點放在美中之間的關係。美國與中國近年來都暫時處於負面狀態，不過中國政權的傲慢及威權主義的外交策略，除美國與日本外，近來在歐盟諸國也引起了強烈反彈，儼然形成一個國際「惡棍」的形象。

下面這篇報導正描述了中國這種傲慢自大、不知反省、任性妄為的態度。希望各位在閱讀時，能好好品味文中標示為粗體字形容詞的用法。

China's foreign minister, Qin Gang, warned Blinken that he should "show respect" during a pre-trip phone call, and made clear his view that Washington alone was responsible for the **abysmal state** of relations.（中略）
When asked about Blinken's **frosty welcome** from Chinese officials, a senior State Department official said the secretary is "well aware of the current state of the bilateral relationship" and underscored that both sides would be "candid" in expressing their concerns.

(Washington Post, 2023/6/17)

單字註解

warn	動	警告
abysmal	形	糟糕透頂的
bilateral	形	雙邊的
underscore	動	強調
concern	名	憂慮、擔心

譯文

中國外交部長秦剛在行前通話中警告布林肯他應「表現尊重」，

> 並明確表示，從他的角度看來，美國政府應對美中關係陷入低谷負全責。(中略)
> 當被問到中國高層對布林肯訪中的冷淡態度時，一名資深國務院官員表示，布林肯「完全瞭解兩國間目前的關係」，並強調兩國皆將明確坦率地表達出各自的擔憂。

這篇報導描述美國國務卿布林肯為尋求美中關係的改善而訪問中國一事。在訪前，布林肯曾與中國當時的外交部長秦剛進行了「行前通話（pre-trip phone call）」。報導開頭提到，當時「中國外交部長秦剛在行前通話中警告布林肯他應『表現尊重』」（China's foreign minister, Qin Gang, warned Blinken that he should "show respect" during a pre-trip phone call）」。

不必多說，中方展現了非常強硬的態度。而秦剛的強硬態度並不止於此。報導中接著提到秦剛「明確表示，從他的角度看來，美國政府應對美中關係陷入低谷負全責（made clear his view that Washington alone was responsible for the abysmal state of relation）」。

這邊想請各位留意標示粗體字的 abysmal state 一詞。abysmal 是 abyss（深淵、險境）的形容詞用法，原意指「深不見底的」的意思，後來衍生為「極惡的、極糟的」之意。臺灣人要形容「非常糟糕」時，馬上會聯想到 very bad 或 terrible 等形容詞。雖然這些形容詞並沒有錯，但多少會聽起來有些幼稚，一般成年人在寫文章時並不適用。

我們再回來看文章後續。布林肯在前面提到行前通話後，有實際前往拜訪北京，但中方對布林肯的態度是如何呢？報導中評價道「布林肯受到中國高層冷淡的歡迎（Blinken's frosty welcome from Chinese officials）」。這邊的 frosty welcome 用得很好，徹底傳達出了當下的氛圍。

而就布林肯遭受「冷淡歡迎」一事，美國國務院的官員在面對詢問時表示「布林肯完全瞭解兩國間目前的關係，並強調兩國皆將明確坦率表達出各自的擔憂（well aware of the current state of the bilateral relationship and underscored that both sides would be candid in expressing their concerns）」。

梅西的 absurd brilliance

接下來這篇報導描寫的是阿根廷選手梅西在2022年12月於卡達舉辦的世界盃足球賽中的活躍表現。也因為有了梅西的優異表現，阿根廷得以在PK賽中贏過法國，拿下世足賽冠軍。同時梅西本人也被選為當屆比賽的最佳球員。請各位閱讀這篇文章時，特別注意作者使用了何種形容詞來描寫梅西在賽場上的英姿。裡面有出現臺灣人不太常用的形容詞用法。

> Though there is no doubt that, at 35 years of age, Messi is slowing down and his near-superhuman powers beginning to diminish, there have been several moments at this World

Cup of **absurd**, **magical brilliance** that fans have been accustomed to seeing over the years.

(CNN, 2022/12/18)

單字註解

diminish	動	減少、降低
absurd	形	荒誕的
brilliance	名	光輝、才華
accustom	動	使習慣

譯文

無庸置疑的是35歲的梅西開始減速，而其近乎超人般的才華正逐漸消失。不過在這場世足賽中，仍出現了數個梅西粉絲們在過去幾年早已見怪不怪的荒誕、魔法般的精采瞬間。

這是從報導內擷取的一段，中間完全沒有停頓。不過這句話寫得非常流暢，讀起來並不會覺得過度冗長。前半段寫到「無庸置疑的是35歲的梅西開始減速，而其近乎超人般的才華正逐漸消失（there is no doubt that, at age 35 years of age, Messi is slowing down and his near-superhuman powers beginning to diminish）」，提及梅西比起全盛時期，在體力及能力上都開始衰退的跡象。

不過這段話的開頭使用了表示轉折語氣的連接詞Though，暗示了後半句的內容與前半是相反的。也就是說，如上所述，這段話的前半指出梅西因年齡增長，相較過往表現來說能力逐漸衰退。因此讀者應該要預期後半的內容會與前半相反，描述即使表現不若以往，梅西於賽場上的表現仍十分突出。

那麼這篇報導是如何描繪梅西的活躍表現呢？文中先是提及了「本次世足賽仍有幾個精采瞬間（there have been several moments at this World Cup）」。接著後面使用了absurd, magical brilliance來形容這些瞬間的精采程度。這邊可以看出中間的at this World Cup是there have been several moments of absurd, magical brilliance這句話的的插入語。

這篇報導以「荒誕、魔法般的精采表現（absurd, magical brilliance）」來形容梅西在世足賽賽場上的表現。這邊要請各位特別注意的是，文中使用了absurd（荒唐的）和magical（魔法般的）兩個形容詞來形容梅西的表現。我想各位應該都知道magical可以表達正向的意思，但可能不少人會對作者在這裡使用absurd來形容梅西感到很困惑。

實際上，absurd在大多數情況下都做負面形容詞使用，不過這邊是故意反過來形容梅西「優秀到讓人覺得很荒唐」之意。這種反向修辭也是新聞英語中常見的修辭方法之一。如果只閱讀正統的英語素材的話，可能很難學到這種用法。

梅西的 ludicrous abilities

我們在前一篇提到報導內用了 absurd brilliance 來形容梅西在世足賽上的表現，如此反向使用形容詞的用法在臺灣比較少見。本篇報導也同樣是形容梅西在賽場上的英姿，但用了不一樣的形容詞來描述。

> For all his **remarkable**, **ludicrous abilities**, penalties are perhaps the one major part of the game that Messi has struggled with over the years, missing several on huge occasions.
> That had no impact on his confidence, however, as he stepped up and nonchalantly rolled the ball into the corner, sending Hugo Lloris the wrong way.
>
> (CNN, 2022/12/18)

單字註解

ludicrous	形 愚蠢可笑的、荒謬的
struggle	動 拚搏、奮鬥
occasion	名 場合
confidence	名 自信
nonchalantly	副 若無其事地、漠不關心地

💭 譯文

即使梅西擁有傑出且驚人的球技，罰球仍是他多年以來難以克服的罩門，他曾在數個關鍵時刻上錯失得分良機。

> 然而,這個弱點不曾動搖梅西的信心,他緩步向前,漫不經心地將球送到球門角落,並誘使守門員雨果·洛里斯守向另一側。

這篇報導的開頭部分,使用了幾個形容詞描述梅西作為足球員的優異能力。這邊用了「即使梅西擁有傑出且荒謬的球技(For all his remarkable, ludicrous abilities)」,與前一篇相同,反向使用了 ludicrous(荒謬的)這個通常用來描述負面事物的形容詞,來形容梅西球技驚人。

另外此句還有一個要注意的重點,與前篇報導相同,這篇文章在開頭處也使用了表示「即使」之意的前置詞 For all his。也就是說,在這句話後面接的是與梅西超乎常人優秀能力相反的內容,即暗示後段要指出梅西的缺點。我們來看後段的內容:「罰球仍是他多年以來難以克服的罩門,他曾在數個關鍵時刻上錯失得分良機(penalties are perhaps the one major part of the game that Messi has struggled with over the years, missing several on huge occasions)」。這段說明了罰球是梅西唯一一直都不擅長的事。

不過即使梅西不擅長罰球,在本次世足賽對上法國的冠軍 PK 大戰上,「這個弱點沒有動搖梅西的信心(That had no impact on his confidence)」。文中形容了梅西冷靜地罰球成功的場面:「他緩步向前,漫不經心地將球送到球門角落,並誘使守門員雨果·洛里斯守向另一側(as he stepped up and nonchalantly rolled the ball into the corner, sending Hugo Lloris the wrong way)」。

Lethargic 的法國隊

下面這篇也是跟 2022 年世足賽阿根廷與法國冠軍賽有關的報導。我想應該有不少人還記得，阿根廷隊球星梅西及迪馬利亞在前半場分別進球，比賽僅餘最後十分鐘就能拿下冠軍。不過法國隊強將姆巴佩殺出一條血路，他在最後展現奇蹟般的球技，將賽事帶進延長賽。不過在姆巴佩一展身手前，法國隊的表現可說即使硬要稱讚，也讓人找不到地方讚美。我們來細細體會一下報導中是如何描述法國隊的戰況。

> With first-half goals from Messi and Angel Di Maria, Argentina was 10 minutes from a victory over a **lethargic France** when Kylian Mbappe single-handedly revived the defending champions. He scored twice in 90 seconds to force extra time.
>
> (USA TODAY, 2022/12/18)

單字註解

lethargic	形 萎靡不振的、無生氣的
single-handedly	副 以一己之力地
revive	動 使復活
force	動 強迫、迫使

💬 譯文

有了梅西與安赫爾迪馬里亞在上半場的得分，阿根廷僅差十分鐘就能打敗萎靡不振的法國隊獲得勝利。然而基利安·姆巴佩憑一

> 己之力救活了試圖保住冠軍寶座的法國隊。他在90秒內連續得分，讓比賽進入延長賽。

報導中先提到「有了梅西與安赫爾迪馬里亞在上半場的得分（With first-half goals from Messi and Angel Di Maria）」,「阿根廷僅差十分鐘就能打敗萎靡不振的法國隊獲得勝利（Argentina was 10 minutes from a victory over a lethargic France）」。這邊請各位注意的是，作者使用了 lethargic 這個形容詞來形容前半場表現差強人意的法國隊。

如同單字註解，lethargic 指的是「萎靡不振」、「無生氣」的意思。臺灣人一般可能不太會想到用這種詞彙來形容比賽隊伍的表現，不過這邊用了 lethargic 一詞，清楚闡述了法國隊慘淡的表現。正可謂是新聞英語中才會出現的絕妙形容詞用法。

那麼，是什麼讓狀況不佳的法國隊重振精神呢？後面以 when 開頭的句子描述了逆轉的關鍵「基利安·姆巴佩憑一己之力救活了試圖保住冠軍寶座的法國隊（Kylian Mbappe single-handedly revived the defending champions）」。接著，文中還更具體的描述了姆巴佩做了什麼事來救活法國隊。「他在90秒內連續得分，讓比賽進入延長賽（He scored twice in 90 seconds to force extra time）」。

plodding 的上半場和 riveting 的後半場

要說2022年的卡達世界盃足球賽令人印象深刻的事件，就不得不提日本隊打敗西班牙、德國等強隊，拿下史無前例的優秀戰果。接下來這篇為當時日本隊打敗德國時刊登於華盛頓郵報的報導。比賽上下半場的趣味性截然不同，文中也使用了不同的形容詞來表達。

> Japan's 2-1 win over Germany from a 1-0 deficit did not match the **far-fetched wonder** of Saudi Arabia's 2-1 win over Argentina on Tuesday, but it did lend the World Cup another darling. It happened after **a plodding first half** gave way to **a riveting second**, the matter decided with **booming goals** on 75 minutes and 83 minutes by Ritsu Doan and Takuma Asano.
>
> (Washington Post, 2022/11/23)

單字註解

far-fetched	形	難以置信的、不切實際的
darling	名	寵兒、受歡迎的人
plodding	形	緩慢持久但乏味的
give way to	慣	被取代、讓步
riveting	形	吸引人的、引人入勝的
booming	形	隆隆作響的、興旺發達的

> 💬 **譯文**
> 日本隊從0比1的劣勢逆轉，以2比1擊敗德國隊，雖然沒有沙烏地阿拉伯在週二以2比1戰勝阿根廷那般驚人，但同樣讓日本隊成為世足賽的寵兒。緩慢乏味的上半場結束後，緊接著是扣人心弦的下半場，堂安律與淺野拓磨在第75分鐘與第83分鐘的精彩進球，為日本隊確立了勝利。

雖然日本隊在突破小組賽進入16強後敗給了克羅埃西亞，但當初其實沒有很多人相信日本隊能打敗西班牙、德國等強隊晉級16強。而在小組賽中讓日本隊軍心大振的，便是初戰對上德國隊獲勝一事了。報導中針對該場比賽的描述如下：「日本隊從0比1的劣勢逆轉，以2比1擊敗德國隊（Japan's 2-1 win over Germany from a 1-0 deficit)」、「沒有沙烏地阿拉伯在週二以2比1戰勝阿根廷那般驚人（did not match the far-fetched wonder of Saudi Arabia's 2-1 win over Argentina on Tuesday）」。到這裡作者仍語帶保留，接著稱讚道「但同樣讓日本隊成為世足賽的寵兒（it did lend the World Cup another darling）。」

請各位注意far-fetched wonder這個形容詞用法。如同單字註釋寫的，far-fetched指的是「難以置信的」、「不切實際的」，正適合用來形容沙烏地阿拉伯打敗阿根廷這種前所未聞的大事件。另外，句子中使用了lend此動詞，這個詞原本只有「借出」之意。原文直譯就是「這件事借給世足賽另一個寵兒」。不過這樣翻譯實在不符合中文的使用習慣，因此修改為上述譯文。

接下來的句子更有趣，使用了絕妙的形容詞修辭。文章後半評論日本對德國的這場比賽在「緩慢乏味的上半場結束後，緊接著是一場扣人心弦的下半場（a plodding first half gave way to a riveting second）」，並以「堂安律與淺野拓磨在第75分鐘與第83分鐘的精彩進球，為日本隊確立了勝利（the matter decided with booming goals on 75 minutes and 83 minutes by Ritsu Doan and Takuma Asano）」收尾。

我們來看形容詞的部分，以plodding（冗長乏味的）形容無趣沒有緊張感的上半場，並以riveting（引人入勝的）形容截然不同、充滿刺激感的下半場，在形容詞的選用上真是非常巧妙。另外，作者也用了booming goals（轟隆作響的進球）來形容堂安、淺野兩位選手的進球，這邊的形容詞也用得非常好，希望各位多留意。

日本隊 emphatic 的勝利

抱歉好像一直跟各位分享與足球有關的報導，這是最後一篇了。如前篇提到的，日本隊在2022年的世界盃上原本勝算不高，卻打敗德國隊，拿下了歷史性的勝利。世足賽後，日本隊在2023年也於客場再次對上德國隊，並再次獲勝。這場比賽是所謂的international friendly（國際友誼賽，英文中也可單稱friendly），因此當然不是像世足賽那麼正式的比賽，不過連兩度打敗足球強國德國一事，還是大幅提升了日本隊的國際聲望。而外媒報導用了哪些形容詞來描述日本隊的勝利呢？請各位一邊留意文中使用的形容詞，一邊來讀讀這篇報導。

Japan romped to an **emphatic 4-1 away win** against Germany in an international friendly on Saturday, beating the four-time World Cup winners again following their famous 2-1 triumph at the tournament in Qatar last November.

(Kyodo News, 2023/9/10)

單字註解

romp	動 輕易取勝
emphatic	形 著重的、有力的、強調的
triumph	名 勝利

譯文

日本隊在週六對上德國的國際友誼賽上輕鬆以4比1取得壓倒性勝利，這是日本隊繼去年十一月在卡達世足賽上以2比1贏過德國隊的知名戰役後，第二次打敗這支世足賽四冠隊伍。

我之所以選這篇報導，是想請各位留意文章開頭「日本隊在週六對上德國的國際友誼賽上輕鬆以4比1取得壓倒性勝利（Japan romped to an emphatic 4-1 away win against Germany）」這句話中的形容詞。這場比賽從比分4比1來看，是無庸置疑的「絕對勝利」，文中以emphatic win來形容。emphatic是emphasize（強調）的形容詞用法，一般人看到這個詞會聯想到「強調」的意思，因此不太會想到把emphatic和win連在一起使

用。當初看到報導這樣形容日本隊的勝利時，我覺得驚艷之外也很佩服。

另外是 romp 這個動詞，我想這個詞在教科書中大多會解釋為「嬉鬧」或「活蹦亂跳」，不過在英文報導中，這個動詞（有時也作名詞使用）通常會像這篇文章中使用的一樣，用來形容隊伍於比賽中「壓倒性獲勝」、「輕鬆獲勝」。

接著來談 beating 後面的部分。在前半描述日本隊大敗德國隊之後，文中又針對德日兩隊提供了追加的資訊。報導後半段補充說明道「這是日本隊繼去年十一月在卡達世足賽上以2比1贏過德國隊的知名戰役後，第二次打敗這支世足賽四冠隊伍」。像這樣隨著句子往下走，文中會不斷出現新資訊的構句方式，正是新聞英語的一大特徵。

wanton 的暴行

接下來這篇是2023年10月針對巴勒斯坦的激進派組織哈瑪斯對以色列進行大規模攻擊時，刊登於華盛頓郵報上的社論文章。華盛頓郵報過往對拜登政府大多採取嚴厲批評的立場，不過這篇社論正面讚揚了拜登公開譴責哈瑪斯的暴力行為一事。

> At a time when the United States, and the world, desperately need decency and moral clarity, President Biden has provided both. His words regarding the **wanton atrocities** Hamas has

committed against hundreds of Israeli civilians, as well as many Americans and citizens of other countries, in the past week have been unequivocal.

(Washington Post, 2023／10／12)

單字註解

desperately	副 迫切地
decency	名 行為準則、正派、得體
clarity	名 清晰明確
regarding	前置 有關…
wanton	形 過分的、惡意的
atrocity	名 暴行
civilian	名 平民
unequivocal	形 明確的、毫不含糊的

譯文

當美國及全世界迫切需要行為準則與立場明確的道德觀時，拜登總統同時展現了這兩種美德。他在上週明確譴責了哈瑪斯對數百名以色列平民，以及許多美國與他國人民所作出的殘虐暴行。

報導中首先大力稱讚了拜登，「當美國及全世界迫切需要行為準則與立場明確的道德觀時，拜登總統同時展現了這兩種美德（At a time when the United States, and the world, desperately need decency and moral clarity, President Biden has provided both）」。

decency比較好理解，不過moral clarity這樣的表達在中文並不常見，相對可能沒那麼容易理解，所以我在此先做說明。這邊的moral clarity指的是針對哈瑪斯對以色列的暴行，拜登並沒有站在「哈瑪斯與以色列兩者都有錯」這種曖昧不清的立場，而是明確的譴責哈瑪斯在道德上應負全責一事。moral clarity這種用法在中文裡不常出現，是典型的英文用詞，因此對讀者來說可能多少有些難懂，不過新聞英語中經常出現這種比較抽象的用語，需要逐漸習慣。

再回來看這篇文章。報導中提到拜登提供了decency和moral clarity，而接下來的段落則針對這句話補充更多資訊。「他在上週明確譴責了哈瑪斯對數百名以色列平民，以及許多美國與他國人民所作出的殘虐暴行（His words regarding the wanton atrocities Hamas has committed against hundreds of Israeli civilian, as well as many Americans and citizens of other countries, in the past week have been unequivocal）」。這句話正是拜登展現decency and moral clarity的具體證據。

這邊想請各位特別注意wanton atrocities中的形容詞用法。如同單字註釋說明的，wanton這個形容詞指的是「過分的、惡意的」，而atrocity指的是「暴行、惡行」之意。也就是說wanton atrocities其實是用類義的形容詞去修飾名詞，相對來說英文比較常出現此種修辭方式。另外要注意的是，文章最後的unequivocal其實與moral clarity中的clarity相呼應，是抽換詞面的技巧應用。

biting 般的景氣衰退

我們在這一章選讀了許多有關足球賽和國際政治的報導，接下來介紹一些有關經濟方面的報導。這是跟阿根廷有關的報導。各位在前面幾篇報導中也有看到，阿根廷有梅西等球星，在足球等運動賽事圈享譽全球。不過阿根廷在經濟與政治上的表現實在難以與其在體育界的聲望相提並論。我們甚至可以說，阿根廷的國民在經濟困境中掙扎求生。這篇報導便描述了阿根廷在經濟困境中苟延殘喘的情況。

> Throughout this tournament there has been a sense that Argentina's national psyche needed a victory. The country has been emerging from a **biting economic recession**, a currency crisis, and inflation is running at almost 100％.
> Buenos Aires had one of the longest Covid lockdowns in the world.
>
> (Guardian, 2022/12/18)

單字註解

psyche	名 精神、心靈
biting	形 刺骨的、刺痛的
economic recession	名 經濟衰退
currency crisis	名 貨幣危機

> 💬 **譯文**
> 在這場賽事中可以感受到阿根廷舉國都需要一場勝利。阿根廷正努力撐過嚴峻的經濟衰退和貨幣危機，通貨膨脹率幾乎達到100%。布宜諾斯艾利斯更是疫情期間封閉最久的城市之一。

這是阿根廷於世足賽上打敗法國獲得優勝時刊登於英國衛報的報導，因此開頭提到的Throughout this tournament指的就是「在卡達世足賽舉辦的這段期間內」之意。文中提到，在比賽期間，「可以感受到阿根廷舉國都需要一場勝利（there has been a sense that Argentina's national psyche needed a victory）」。描述了阿根廷國民對於勝利具有迫切渴望。

為什麼阿根廷國民這麼強烈的渴望勝利呢？報導中下一句話提供了答案：「阿根廷正努力撐過嚴峻的經濟衰退和貨幣危機，通貨膨脹率幾乎達到100%（The country has been emerging from a biting economic recession, a currency crisis, and inflation is running at almost 100％）」。我想請各位注意biting economic recession這段用到的形容詞biting。bite原指「咬」或「刺螫」的意思，biting則是bite的現在分詞，在文中作為形容詞使用。這邊使用biting栩栩如生地呈現了國家經濟狀況嚴峻，國民感受到「彷彿被螫咬」般的痛苦。另外bite此字本身在口語中也有「糟透了」的意思，尤其美國人常會說This bites.

回來看報導，最後面還提到「布宜諾斯艾利斯更是疫情期間封閉最久的城市之一（Buenos Aires had one of the longest Covid lockdowns in the world）」。我們從這篇報導可清楚看出阿根廷在經濟上面臨窮途末路的狀況。在這種情況中生存的阿根廷國民，大概非常迫切需要世足賽冠軍，讓自己還能以身為阿根廷人為傲吧。

gallop 的物價高漲

接下來是與美國通貨膨脹有關的報導。美國物價年增率曾一度爆漲至超過10%，而後因美國聯邦儲備委員會連續升息等原因，2022年後半漲勢才逐漸趨緩。本篇報導的主旨是描述通膨狀況開始趨緩一事，不過我希望各位注意的是，作者在前半段描述物價高騰時使用了何種形容詞。

> The Labor Department on Tuesday reported that annual inflation clocked in at 7.1% in November – the lowest reading in more than a year. While it is still high compared to the 2% level at which the Federal Reserve typically seeks to hold down inflation, the most recent number signals that the **galloping price growth** earlier this year is fading.
>
> (NBC NEWS, 2022/12/14)

單字註解

Labor Department	名	勞工部
annual	形	每年的
clock in	慣	記錄
typically	副	通常地、典型地

hold down	慣	抑制
galloping	形	奔騰的
fade	動	衰弱

> 💬 **譯文**
> 美國勞工部於週二公布11月的年化通膨率為7.1%，創一年多以來的新低。雖然這一數字仍遠高於2%，即美聯儲的通膨控制目標，但它仍顯示了今年初急速飆升的物價漲勢正逐漸減緩。

報導開頭先描述「美國勞工部於週二公布（The Labor Department on Tuesday reported）」。公布內容則寫於that之後，即「11月記錄之年化通膨率為7.1%（annual inflation clocked in at 7.1% in November）」。而後提到此數據「創一年多以來的新低（the lowest reading in more than a year）」。

另外，這邊使用了clock in此慣用語。這個用語原用來指在工廠等工作地點「上下班打卡」，不過現在被廣泛地用來表達「記錄」之意。通膨率7.1%看起來相當高，不過如前所述，美國通膨率曾一度遠超10%。如此看來，7.1%這個數字已是漲勢大幅趨緩的結果了。

報導最後針對此趨勢的描述是「雖然這一數字仍遠高於2%，即美聯儲的通膨控制目標（While it is still high compared to the 2% level at which the Federal Reserve typically seeks to hold down inflation）」，但7.1%這個「最新的數據仍然顯示了今年初急速

飆升的物價漲勢正逐漸減緩（the most recent number signals that the galloping price growth earlier this year is fading）」。

我想各位都注意到，這篇報導中將物價急速高漲的樣子形容為 galloping price growth。price growth 指的是「物價上漲」也就是「物價高騰」之意。而用 gallop 來形容物價高漲的樣子是相當有趣的用法。gallop 一般給人的印象是用來形容馬匹等「急速奔馳」的樣子，作者很巧妙地使用了這種馬匹狂奔的意象來形容物價暴漲。

sticky 的物價

我還想再向各位介紹一篇與物價有關，並也使用了絕妙形容詞的報導。這篇報導約莫刊登於前一篇報導的三個月後，描述前篇報導中提及之美國聯邦儲備委員會的貨幣緊縮策略開始奏效。雖說升息等政策開始奏效，也不代表物價如預期般開始下降，文中顯示，美國距離完全控制通貨膨脹還有很長的一段路要走。

> There are already signs that the Fed's tightening is working, at least in some parts of the economy. The housing market has slowed, manufacturing is down and prices on a number of goods have stabilized. Washing machines, tires, smartphones, meat and whiskey all got cheaper in February, though economists say

there is still a long way to go in bringing down **"sticky" prices** on services, such as rent, transportation and restaurants.

(Washington Post, 2023/3/14)

單字註解

tightening	名 緊縮
housing market	名 房地產市場
stabilize	動 使安定
sticky	形 黏的、有黏性的
rent	名 租金
transportation	名 運輸

譯文

已有多起跡象顯示，美聯儲的貨幣緊縮政策已開始產生效果，至少在經濟中的某些領域有所成效。房地產市場開始趨緩，製造業活動下降，多種商品的價格也趨於穩定。洗衣機、輪胎、智慧型手機、肉類和威士忌的價格在二月皆有降低。然而經濟學家認為，要使房租、交通費及餐飲等服務「頑固的」價格回落，仍有很長一段路要走。

如前所述，因美聯儲祭出連續升息等政策，美國的通膨狀況得到控制。本篇報導中就寫道「已有多起跡象顯示，美聯儲的貨幣緊縮政策已開始產生效果，至少在經濟中的某些領域有所成效（There are already signs that the Fed's tightening is working, at least in some parts of the economy）」。

報導接著舉出具體案例：「房地產市場趨緩，製造業活動下降，多種商品的價格也趨於穩定（The housing market has slowed, manufacturing is down and prices on a number of goods have stabilized）」。接著，報導又舉了幾個物價回落的實際案例，如「洗衣機、輪胎、肉、威士忌」等，並引述經濟學家的意見：「要使房租、交通費及餐飲等服務『頑固的』價格回落，仍有很長一段路要走（there is still a long way to go in bringing down "sticky" prices on services, such as rent, transportation and restaurants）」。

本篇文章中希望各位特別注意的，即是 sticky price 此用法。sticky 如同單字註解所寫的，是指「黏的」、「有黏性的」之意。這邊用來形容 price（物價），非常生動地表現了物價居高不下的樣子，讓人腦中很容易聯想到畫面。另外，在新聞英語中除了 sticky price 之外，也會出現 stubbornly high 或 stubborn inflation 等描述方式，使用 stubborn（頑固的）來巧妙形容物價居高不下的狀況。

pugnacious 的政治

前面講了幾篇與經濟有關的報導，接下來我想介紹幾篇跟政治有關的報導。本篇內容與川普有關，描述他在總統任期間提名的最高法院大法官，在其後將最高法院打造成保守派的堡壘，導致連厭惡川普的保守派人士也無法完全反對他。請各位在閱讀時特別留意報導中使用了哪些形容詞來形容川普的政治風格。文中使用了一些讓人感到意外的形容詞。

Even leading conservatives who disliked Trump's **pugnacious politics and heterodox policies** stuck with him as president because he helped solidify the rightward shift of the US Supreme Court with his nominations – one of the most far-reaching aspects of his legacy, which resulted in the conservative court majority's deeply polarizing June decision to end federal abortion rights.

(CNN, 2022/11/15)

單字註解

leading	形	主要的
pugnacious	形	好鬥的、愛爭吵的
heterodox	形	異端的
stick with	慣	繼續支持、緊跟著
solidify	動	固化、鞏固
nomination	名	提名
legacy	名	遺產、遺贈
polarizing	形	兩極化的
abortion	名	墮胎

譯文

即便是厭惡川普好戰風格和異端政策的保守派領袖，仍然支持其擔任總統。因為川普曾透過大法官提名鞏固了美國最高法院的右傾趨勢。這是他在過去任期中影響最為深遠的行動之一，並促成了由保守派主導的最高法院在六月做出極具爭議的裁決，推翻了憲法保障的墮胎權。

報導開頭使用了兩個形容詞來形容川普的政策。川普在各種意義上都不是一位普通的總統，因此我們可預想到用來形容他的形容詞大概不是什麼好話。而報導中實際使用了「好戰且異端（pugnacious and heterodox）」這兩個巧妙的形容詞來描述川普的政治風格與政策。

報導中提到「即便是厭惡川普好戰風格和異端政策的保守派領袖，仍然支持其擔任總統（Even leading conservatives who disliked Trump's pugnacious politics and heterodox policies stuck with him）」。此處 pugnacious 這個形容詞，還有意思相近的 aggressive, antagonistic, contentious, hostile, pugilistic, belligerent, bellicose 等，都是在新聞英語中經常被用來形容川普政治風格的形容詞。其中最常見的即是 pugilistic politics 這個用法。pugilistic 指「拳擊的」，pugilist 則指「拳擊手」。此形容詞正適合用來描述川普這種一拳打倒對手，隨時處於戰鬥模式的政治風格。

那為什麼討厭川普的保守派人士還要支持他呢？答案在以 because 開頭的這句話中。「因為川普曾透過大法官提名鞏固了美國最高法院的右傾趨勢（because he helped solidify the rightward shift of the US Supreme Court with his nominations）」。報導後半提到，提名最高法院大法官「是他在過去任期中影響最為深遠的行動之一（one of the most far-reaching aspects of his legacy）」。

文章末提到，川普對於大法官的提名後來又「促成了由保守派主導的最高法院在六月做出極具爭議的裁決，推翻了憲法保障的墮胎權（which resulted in the conservative court majority's deeply polarizing June decision to end the federal abortion rights）」。

unalloyed 的拒絕

本章的最後一篇報導，是跟前面幾篇報導中提及之 2022 年 11 月的期中選舉有關的內容。我前面也大概說明過，這場期中選舉結果大爆冷門，以拜登為首的民主黨成績優異，而共和黨支持川普的候選人則大多落選，導致共和黨被迫陷入苦戰。作者在看到選舉結果後，有感而發寫了這篇報導。

> The final results show that voters failed to deliver the type of **unalloyed repudiation** of Mr. Biden and his management of the economy that many Republicans had predicted in the face of the hottest inflation in 40 years.
>
> (New York Times, 2022/11/17)

單字註解

fail to	動 未能做到
unalloyed	形 未摻雜的、純粹的
repudiation	名 拒絕
predict	動 預測
in the face of	慣 面對、面臨

> **譯文**
> 最終選舉結果顯示，選民並未如共和黨預期，在面對40年來最嚴重的通貨膨脹下，對拜登及其經濟管理政策表達出全面反對。

報導開頭的 The final results，指的是期中選舉的「最終結果」，而此結果所「展現（show）」的內容則接在 that 之後，即「選民並未如共和黨所預期，對拜登及其經濟管理政策表達完全反對（voters failed to deliver the type of unalloyed repudiation of Mr. Biden and his management of the economy）」。

這邊請各位特別注意 unalloyed repudiation 此用法。這是非母語者寫不太出來、甚至也難以應用的絕妙形容詞。alloy 指的是「合金、雜質」，因此 unalloyed 原本指「非合金的」。後來衍生為「非合金的」=「無雜質的」=「純粹的」=「真實的」之意。也就是說，unalloyed 可以說是 absolute 或 complete 的同義字。另外 repudiation 如單字註解所述，是指「拒絕」之意，因此 unalloyed repudiation 指的就是「完全的拒絕」。加上前面的 voters failed to deliver the type of，整段話的意思即為「選民無法完全拒絕」。

不過報導還有後半段，以 that 為開頭的後半句是：「共和黨面臨40年來最嚴重的通貨膨脹所做出的預測（that many Republicans had predicted in the face of the hottest inflation in 40 years）」。所以共和黨員做了什麼預測？內容即為 that 後面的文句，也就是期

中選舉時「選民會完全拒絕拜登及其經濟管理政策」。整句話合起來的意思即為，面臨40年來最嚴重的通貨膨脹，共和黨員原本預測選民會對拜登的經濟政策產生反對，而共和黨會在期中選舉時獲得勝利。

第 6 章
生動的口語表達

在本章中，我想帶各位認識在英語報導中頻繁出現的口語表達用語。我在前作中也有提到「引用句正是能學習生動英語口語的寶庫」，不過實際上除了經常用到口語英文引用句外，報導本文裡也有很多英文口語用法。

而我之前也提過，這些口語用法幾乎不會出現在升學考試或全民英檢、多益、托福等考試中。因此，只為了考試念英文的話，學生就可能學不到這些英語母語者每天在用、電影與電視節目上常常出現、精準生動的英文口語用法了。

所以對我來說，只知道艱澀單字而不知口語英文用法的人，只能說是活在「半個英文世界」裡的人。我們在閱讀新聞英語時當然也必須學習艱澀複雜的單字，不過如果只懂得背誦這些生僻字詞，而不去學習口頭常用的單字或慣用語，不能說是真的懂英語。市面上當然也有不少針對口語英文而寫的字典或參考書，學習者也可從這些參考書中學習英語口語表達，不過字典與參考書中收錄的字詞畢竟有限。

另外，我們也很難從這些單字表中看出哪些詞彙在現實中比較常用到、在什麼樣的脈絡下可使用。因此，我認為閱讀英語的新聞報導是學習口語英文最有效的方法。英語中的口語表達不可勝數。因為篇幅的關係，本章只能介紹到其中一部分的口語用法。接下來我會特別挑選升學考試、全民英檢、多益、托福等考試中不太常見的單字做介紹。

籃球的 slam dunk

第一篇要介紹的，是有關川普被指控未經同意非法持有國家機密文件，並藏在他位於佛羅里達州的海湖莊園別墅的報導。包含此訴訟案在內，川普身上共背負了4件訴訟案。但即便如此，他在2024年總統大選前的共和黨黨內初選中，仍然獲得了壓倒性的支持。在這樣的支持聲浪中，共和黨一名具影響力的議員要求川普退出總統大選。在他提出的理由中，用到了 slam dunk 這個口語用法。

> Republican Sen. Bill Cassidy described the case against former President Donald Trump for allegedly mishandling classified documents as "almost **a slam dunk**" and said he thinks Trump should drop out of the 2024 presidential race.
>
> (CNN, 2023/8/20)

單字註解

describe	動	描述、描寫
case	名	訴訟案、官司
former	形	以前的
allegedly	副	據稱地、聲稱地
mishandle	動	對…處理不當
classified	形	機密的

> 💬 **譯文**
> 共和黨參議員比爾‧凱西迪聲稱前總統川普被指控不當處理機密文件的案件「幾乎可以說是罪證確鑿」。並表明他認為川普應該退出2024年的總統大選。

報導開頭提到「共和黨參議員比爾‧凱西迪對於前總統川普被起訴一事的描述為…（Republican Sen. Bill Cassidy described the case against former President Donald Trump）」。而川普為什麼被起訴呢？凱西迪又如何形容川普被起訴一事呢？這兩句話的答案都接在 for 後面。川普被起訴的理由是「涉嫌不當處理機密文件（for allegedly mishandling classified documents）」。

而凱西迪對於這件事情的評論接在 as 後面，呼應前面的 describe。他說這件事「幾乎是罪證確鑿（as almost a slam dunk）」。這邊要特別注意的是 slam dunk 此用法。這個用詞原本是指籃球裡的「灌籃」之意。「灌籃」與一般投籃不同，是絕對會得分的投籃方式，在英文中也衍生成了「絕對的、完全確定的事物」。因此這個詞在運動賽事之外，一般的對話或文章中，也經常會出現。

我想可能有人無法理解為何凱西迪評論川普被起訴一事是 slam dunk，因此在這邊做一點補充說明。如上所述，川普從白宮中未經許可攜出的機密文件被實際發現出現在他的海湖莊園別墅中。可以說檢方在川普的別墅中發現了「無法動搖的證據」，因此凱西迪才會說這是 slam dunk。

棒球的 ballgame

接下來這篇報導，討論的是共和黨內部意圖阻止凱文·麥卡錫當選眾議院議長所做出的作為。由於麥卡錫在共和黨內的政治基礎較不穩固，共和黨內部從過去就存在一個強硬派集團，意圖將他拉下眾議院共和黨領袖寶座。

反對麥卡錫的共和黨員人數並不多，不過由於共和與民主兩黨在眾議院的席次相近，這些少數共和黨員成為了能決定議案通過與否的關鍵人物。可以說這群人人數雖少，手中卻握有極大的權力。由於有這群反對麥卡錫的少數黨員存在，議會一共進行了14輪投票才終於決定議長人選。這是美國政治史上前所未聞的事件，不過麥卡錫最終仍然當選了眾議院議長寶座。也就是說，這群少數反對派的共和黨員最終輸了這場選戰。本篇報導即直接指出這次的敗因是由於團體內缺乏真正的領導者。

> While the effort to thwart McCarthy included about 20 members at the outset, it lacked a real leader. If the likes of Jordan rather than Gaetz had headed up the opposition, it might have been a very different **ballgame**.
>
> (Washington Post, 2023/1/7)

單字註解

thwart	動 阻撓、反對
at the outset	慣 開端、開始

lack	動 欠缺
head up	慣 領導、控制
opposition	名 反對、反對派

> 💬 **譯文**
> 雖然最初反對麥卡錫的陣營有大約20名成員,但這個團體缺乏一位真正的領袖。如果由像喬丹這樣的人物取代蓋茲來領導反對勢力,這場選戰可能會呈現截然不同的局面。

我們來看這篇報導。如前所述,共和黨中有少數強硬派議員意欲阻止麥卡錫擔任眾議院議長。報導開頭寫到「雖然最初反對麥卡錫的陣營有大約20名成員,但這個團體缺乏一位真正的領袖(While the effort to thwart McCarthy included about 20 members at the outset, it lacked a real leader)」。換句話說,這個反對派陣營並不是聽從單一領袖的指示,依循某種實際策略做出行動,而是團體中的成員各自分別做出反對行動。

反對派中較受矚目的成員是馬特·蓋茲,不過他並未獲得同儕的信賴,反而是同黨的眾議員吉姆·喬丹更受到眾人的支持。因此報導中才會提到「如果由像喬丹這樣的人物取代蓋茲來領導反對勢力,這場選戰可能會呈現截然不同的局面(If the likes of Jordan rather than Gaetz had headed up the opposition, it might have been a very different ballgame)」。這邊要請各位注意的重點有兩個。第一個是the likes of這個慣用語。它指的是「像…

一樣的人物」之意。是新聞英語中經常出現的用語。另一個則是ballgame。ballgame 一般指的是像棒球和籃球等球技運動的比賽，因此多數人看到這個詞應該都會將它解讀為球賽之意吧。不過ballgame在口語上更常被拿來形容「與現狀完全不同的情況」之意。此種用法經常會搭配different 或 new 等形容詞做修飾，本篇報導也是如此。

因此希望各位讀者把different (or new) ballgame做為一個固定詞組來記憶。另外在ballgame前面再追加表示強調的whole，形成whole different ballgame 或 whole new ballgame這樣的用法也十分常見。

賽馬的 nonstarter

接下來這篇報導也跟反對麥卡錫一事有關。這篇報導中提到了麥卡錫為安撫極右保守派共和黨員，試圖向穩健的中立派議員說明自己將做出讓步。然而麥卡錫提出太多讓步，導致中立派的議員也產生不滿。請各位參考單字註解，讀一下這篇文章。

> Throughout the closed-door talks, McCarthy was briefing moderates on the possible concessions to conservatives, said Rep. Don Bacon, a Nebraska Republican. The message the leader received from his deal-making centrists: we can live with giving Freedom Caucus members committee slots but committee

gavels are a "**nonstarter**." "Nobody should get a chairmanship without earning it," Bacon said. "When you tell someone, 'Hey, I'll vote for you if you make me a chairman, that's **crap**'. That pisses us off."

(NBC NEWS, 2023/1/7)

單字註解

brief	動	提供摘要、簡述
moderate	名	溫和派、穩健派
concession	名	讓步
centrist	名	中立派
slot	名	職位
gavel	名	（拍賣商、法官、議長用的）小木槌
crap	名	廢話、胡扯
piss off	慣	令人惱火

譯文

內布拉斯加州共和黨員唐・貝肯提到，麥卡錫在閉門談話中向中立派簡述他可能對保守派做出的讓步。而這群擅長談判的中立派黨員則給出以下回覆：我們可以接受自由黨團的小組成員擁有委員會席位，但讓他們擔任主席是絕對不可能的。貝肯表示「沒有人能在毫無付出的情況下拿下委員會主席的位置。若某人說『如果你讓我當委員會成員，我就選你當主席』，這種交易毫不合理。我們對此感到非常憤怒。」

首先，報導開頭提到Throughout the closed-door talks（在閉門談話中），暗示了共和黨內部對於麥卡錫參選議長一事的談判是祕密進行的。而他們在這場密室會議中討論了什麼呢？報導下一段就引用了內布拉斯加州選出的眾議員唐·貝肯的發言說「麥卡錫向中立派簡述他可能對保守派做出的讓步（McCarthy was briefing moderates on the possible concessions to conservatives）」。

這邊稍微補充一下，包含貝肯在內的溫和派議員基本上都支持麥卡錫擔任議長，而為了促使麥卡錫當選，他們也不反對多少對保守派勢力做出一些讓步。下一段具體描述了穩健派做的讓步：文中提到「這群擅長談判的中立派黨員給予共和黨領袖（＝麥卡錫）的回覆（The message the leader received from his deal-making centrists）」，而中立派的意見接在冒號後面：「我們可以接受自由黨團的小組成員擁有委員會席位，但讓他們擔任主席是絕對不可能的（we can live with giving Freedom Caucus members committee slots but committee gavels are a "nonstarter"）」。

這邊想請各位注意3個重點。第一個是can live with的用法。這是口語中也經常出現的用詞，表示「雖然不滿意但還可以忍受」之意。I can live with that. 指的是「我還可以接受」，為英語母語人士經常會用到的說法。

第二個是gavel一字。此字如單字註解中提到，是「小木槌」之意。因眾議院委員長在決議時會敲擊小木槌，這邊用小木槌來比喻眾議院委員會的委員長職位，另外前面的slots則指委員會成員的職位，在本文中與gavel相呼應。

第 6 章

189

第三個重點則是nonstarter。nonstarter一詞在英語口語中十分常見。nonstarter＝無法開始的事物＝被取消參賽的賽馬＝「不可能成功、行不通的計畫」。回到報導內容。貝肯接下來提到「沒有人能在毫無付出的情況下拿下委員會主席的位置（nobody should get a chairmanship without earning it）」。此處用到了動詞earning，指的是「靠自己的努力爭取」。因此without earning it表示「不靠自己的努力爭取」之意。

接下來，報導最後一段仍引用了貝肯的發言「若某人說『如果你讓我當委員會成員，我就選你當主席』，這種交易毫不合理（When you tell someone, 'Hey, I'll vote for you if you make me a chairman, that's crap'）」。最終提到「我們對此感到非常憤怒（That pisses us off）」。

請注意，這邊出現的crap和piss off都是不太好聽的用語。這種過度無禮的用語不會被納入升學考試、全民英檢、多益、托福、雅思等主要幾個英文能力檢定的考試範圍內。不過在英語母語者的日常對話，或是英語電影、電視節目中，這些都是很常見的詞彙。我希望各位可以意識到，如果一味只學習傳統英語教科書、檢定用的教材，就可能會不太熟悉這些英語母語者都會知道、日常常用的口頭用語。

不用大腦的 no-brainer

接下來這篇報導討論的是日韓關係的改善。日韓兩國的關係在韓國尹錫悅總統等人的推進下，自2023年起急遽回溫。本篇報導從韓國的國家安全維護觀點出發，討論到日韓關係改善並不如想像中困難，而且對於韓方來說可謂是理所當然的行動。不過文中也提到了這樣促進日韓關係的行為對尹錫悅來說可能帶來巨大的政治風險。

為什麼說從韓國的國家安全維護角度來看，促使對日關係的改善是理所當然的行為呢？而這樣的舉動又會對尹錫悅造成何種政治危害呢？請各位邊思考這些問題，邊讀這篇報導。

> Taking steps to resolve historical disputes would seem like a **no-brainer** from the standpoint of South Korean security; Seoul will benefit from closer ties with Japan's military and intelligence services, especially now that Japan is launching a historic defense buildup. But the move carries considerable political risk for Yoon. It leaves him open to one of the most stinging charges in South Korean politics: that he is soft on Korea's historic enemy.
>
> (Washington Post, 2023/3/7)

單字註解

resolve	動 解決
dispute	名 爭議
standpoint	名 觀點
benefit	動 對…有益
intelligence	名 情報
buildup	名 發展、增長
considerable	形 大量的、相當大的
stinging	形 激烈的、刺痛的

譯文

從南韓國家安全的角度來看，採取行動修復與日本之間的歷史紛爭，似乎是理所當然的決策。尤其在日本正推動歷史性的國防強化當下，南韓可因與日本軍方及情報單位建立更緊密的合作關係，進而獲益。然而此一政策也為尹錫悅帶來相當大的政治風險，因為這將讓他面臨南韓政壇最嚴厲的指控之一，即對南韓的歷史宿敵過於軟弱。

如前所述，自尹錫悅總統上任起，日韓關係急遽改善。報導中針對兩國關係的好轉描述如下：「從南韓國家安全的角度來看，採取行動修復與日本之間的歷史紛爭，似乎是理所當然的決策（Taking steps to resolve historical disputes would seem like a no-brainer from the standpoint of South Korean security）」。這邊要請各位注意的是 no-brainer 這個用詞。no-brainer 如字面所述，指的是「不需動腦的事」，而後衍生為「不需要思考的簡單問題」之意，現今在日常對話中也會頻繁使用。

我們回來看報導。在提及從韓國國家安全的角度來看日韓關係的改善對韓國是理所當然的發展後，作者在下一段描述了他的理由。其背後的原因即「尤其在日本正推動歷史性的國防強化當下，南韓可因與日本軍方及情報單位建立更緊密的合作關係，進而獲益（Seoul will benefit from closer ties with Japan's military and intelligence services, especially now that Japan is launching a historic defense buildup）」。

確實從邏輯上來看，如同文中所述，韓國與日本兩國積極促成雙邊關係的改善可以說是必然的發展方向。不過國際政治難就難在無法單憑合理性推動政策。尤其在日韓兩國這種過去有歷史淵源的國際關係更是困難。針對兩國間的微妙關係，報導中即提到「這樣的行為對尹錫悅帶來相當大的政治風險（the move carries considerable political risk for Yoon）」。不過單這樣描述還太過模糊，最後面提到「因為這將讓他面臨南韓政壇最嚴厲的指控之一（It leaves him open to one of the most stinging charges in South Korean politics）」，並具體說明其指控內容為「對南韓的歷史宿敵過於軟弱（that he is soft on Korea's historic enemy）」。

軟弱的 cuck

下面是一篇描述伊隆·馬斯克和馬克·祖克伯之間爭論的報導。這兩位都是科技界的巨頭，其中馬斯克更是一舉一動皆會引起舉世關注的重要人物。過去兩人並未在商業上有直接衝突。

不過在馬斯克收購推特、祖克伯推出與推特性質相似的Threads之後，兩者在商務上有了實際意義的對立。在閱讀本篇報導時，希望各位可以特別注意一下馬斯克是如何批評祖克伯的。

> Elon Musk upped the ante in his escalating war of words with Mark Zuckerberg – calling the rival billionaire a **"cuck"** in a foul-mouthed tweet Sunday.
> In the four days since Zuckerberg launched Threads – the pair have been sparring with jibing posts on social media, threats of lawsuit, promises to duel in hand-to-hand combat, and now, with a personal insult.
> "Zuck is a **cuck**," Musk tweeted, responding to a Threads post from the official account of fast-food chain Wendy's.
>
> (New York Post, 2023/7/9)

單字註解

單字	詞性	中文
up the ante	慣	提高風險、加高賭注
foul-mouthed	形	口出惡言的
spar with	動	爭論
jibing	形	嘲弄的、嘲笑的
threat	名	威脅
lawsuit	名	訴訟
duel	動	決鬥
combat	名	戰鬥
insult	名	侮辱

> 💬 **譯文**
> 伊隆·馬斯克在他與馬克·祖克伯日益激化的文字戰中提高了火力，他在星期天一篇出言不遜的推特中稱呼同為億萬富翁的對手是一位「懦夫」。自祖克伯推出 Threads 以來，兩人已在社群媒體上透過發布嘲諷貼文筆戰了四天，他們威脅要向對方提告、承諾進行肉搏戰，而最新的攻擊方式則是人身羞辱。馬斯克在速食連鎖店溫蒂漢堡的官方 Threads 帳號貼文下回覆道：「祖克伯是位懦夫」。

報導開頭先提到「伊隆·馬斯克在他與馬克·祖克伯日益激化的文字戰中提高了火力（Elon Musk upped the ante in his escalating war of words with Mark Zuckerberg）」。馬斯克要怎麼在跟祖克伯的這場「筆戰」中提高火力呢？文中接著描述「馬斯克在星期天一篇出言不遜的推特中稱呼同為億萬富翁的對手（＝祖克伯）是一個懦夫（calling the rival billionaire a "cuck" in a foul-mouthed tweet Sunday）」。

我們在後面的段落中也可看到，祖克伯的姓氏可以簡稱為 Zuck，而馬斯克之所以稱祖克伯為 cuck（懦夫），正是因為 Zuck 和 cuck 有押韻。這邊要請各位注意的是，cuck 是 cuckold 的簡稱。而 cuckold 原意不是單純的「懦夫」，而是「妻子外遇的男子」之意，因此這個字對男性是極具羞辱性的用語。馬斯克當然知道這一點，因此才利用此字對祖克伯做出極盡羞辱。那兩者為何開始爭執呢？報導中提到，自祖克伯推出 Threads 服

務開始起算的四天內,「兩人已在社群媒體上透過發布嘲諷貼文筆戰了四天,他們威脅要向對方提告、承諾進行肉搏戰,最新的攻擊方式則是人身羞辱(the pair have been sparring with jibing posts on social media, threats of lawsuit, promises to duel in hand-to-hand combat, and now, with a personal insult)」。如前所述,這句極其羞辱的"Zuck is cuck"正是馬斯克對祖克伯做出的攻擊。

發瘋的 nut job 和 crackpot

美國甘迺迪家族曾出過包含約翰·F·甘迺迪(JFK)、羅伯特·甘迺迪和愛德華·甘迺迪等多位知名政治人物,在美國可說是首屈一指的政治世家。不過在甘迺迪家族中,也存在著被兄弟、家人拒絕往來的「怪人」。這位怪人就是JFK的弟弟、羅伯特·甘迺迪之子「小羅伯特·甘迺迪」。他既是「反疫苗行動人士(anti-vaxxer)」,也是有反猶太傾向的陰謀論者。

小羅伯特·甘迺迪在2024年總統選舉中爭取民主黨初選提名(其後他在2023年10月放棄成為民主黨候選人,改以獨立候選人的身分參選)一事讓許多人感到震驚。實際上,小羅伯特·甘迺迪的親戚和兄弟都表明不支持他參選總統,因其與甘迺迪家族的政治理念和意見截然不同。本篇報導即說明了選民對他的想法。

Just 9 percent had a favorable opinion of Kennedy, compared with 69 percent who had an unfavorable one. The survey also asked people to use one word to describe Kennedy, and the most popular words were "crazy," "dangerous," "insane," **"nut job,"** "conspiracy" and **"crackpot."**

(Washington Post, 2023/7/20)

單字註解

favorable	形	贊同的
survey	名	民調、調查
insane	形	瘋狂的、荒唐的
conspiracy	名	陰謀

譯文

僅有9％的選民對甘迺迪持正面看法，而有高達69％的選民對他抱持負面意見。民調也詢問受訪者用一個詞來形容甘迺迪，最常出現的詞包括「瘋狂」、「危險」、「荒唐」、「神經錯亂」、「陰謀」以及「瘋子」。

報導中的民調結果如同預想，顯然選民們並不認同小羅伯特·甘迺迪。文中提到「僅有9％的選民對甘迺迪持正面看法（Just 9 percent had a favorable opinion of Kennedy）」，而相對的「有高達69％的選民對他抱持負面意見（compared with 69 percent who had an unfavorable one）」。另外「民調也詢問受訪者用一個

詞來形容甘迺迪（The survey also asked people to use one word to describe Kennedy）」，而最常出現的詞彙（the most popular words）有以下幾個：

crazy「瘋狂的」
dangerous「危險的」
insane「荒唐的」
nut job「神經錯亂」
conspiracy「陰謀」
crackpot「瘋子」

從這些描述甘迺迪的形容詞，我們也可看出他參選總統一事實在是荒謬至極的決定。雖然上面所有形容甘迺迪的辭彙都具否定語意，不過 nut job 和 crackpot 這兩個詞和其他的形容詞有點不同。除去這兩個詞之外，其他單字都是普通的標準用語，在檢定考試中也會出現。不過 nut job 和 crackpot 則不會出現在升學考、全民英檢和其他英語檢定中，是典型的口語用法。因為其他的形容詞也是負面語意，因此讀者很容易就可以猜出這兩個詞彙也是負面的意思，不過它們實際上語意為何呢？

首先 nut job 指的是「腦子不正常的人」、「怪人」。有些愛口出惡言的美國人非常常用這個字。裡面的 job 很容易讓人誤以為是在形容什麼職業，不過 job 指的並不是工作。與 nut job 相近的口語用語還有 whack job，這也是「瘋子」、「怪人」的意思。說話刻薄的川普就很愛用這個詞來批評、攻擊他人。另外 crackpot 與 nut job 和 whack job 語意幾乎相同，也是指「怪人」、「瘋子」的

意思。pot原本指的是人的頭蓋骨。有裂縫（crack）的頭蓋骨，正是指腦袋有問題的意思。

流浪狗的 dogpile

接下來這篇報導討論的是引起MeToo運動的主因之一，即在好萊塢頂級製片哈維·溫斯坦的性騷擾判決中，溫斯坦的辯護律師做出的發言。由於這篇報導記錄的是溫斯坦辯護律師的發言，因此內容自然偏向有利於溫斯坦，他試圖在判決中爭取優勢。發言中主張對溫斯坦提告的兩位女性滿口謊言，而溫斯坦與另外兩人則是合意性交。

> During closing arguments last month, Weinstein's attorney Alan Jackson argued that two of the women were entirely lying about their encounters, while the other two took part in "transactional sex" for the sake of career advancement that was "100％ consensual." But after the #MeToo explosion around Weinstein with stories in the New York Times and the New Yorker – which Jackson called a "**dogpile**" on his client – the women became regretful.
> "Regret is not rape," Jackson told jurors several times.
>
> (USA TODAY, 2022/12/19)

單字註解

argument	名	爭論
entirely	副	完全地
encounter	名	相遇
for the sake of	慣	為了…
career advancement	名	職業發展、晉升
consensual	形	雙方同意的
juror	名	陪審員

> **譯文**
>
> 溫斯坦的辯護律師艾倫·傑克森在上個月的結辯中主張，有兩位女性對其與溫斯坦互動的描述完全是謊言，而另外兩位女性當初則是為職涯發展參與了「性交易」，且過程為「百分之百雙方同意的」。然而在 #MeToo 風潮爆發，紐約時報與紐約客雜誌刊載了與溫斯坦相關的事件後（傑克森稱呼其為一場對當事人的「圍攻」），這些女性對過去的事件感到悔恨。傑克森數度向陪審團強調：「後悔並不等於強暴」。

報導描述了溫斯坦的辯護律師艾倫·傑克森在終辯時的辯護內容。他提到「有兩位女性對其與溫斯坦互動的描述完全是謊言（two of the women were entirely lying about their encounters）」，且「另外兩位女性當初則是為職涯發展參與了『性交易』，其過程為百分之百雙方同意的（the other two took part in "transactional sex" for the sake of career advancement that was 100％ consensual）」。

報導中接著寫到，在紐約時報和紐約客雜誌揭開MeToo運動的序幕後，「這些女性感到後悔（the women became regretful）」。而文中也提到，傑克森以dogpile來形容紐約時報和紐約客雜誌對溫斯坦的攻擊。dogpile指的是對某個人或事物進行群起攻擊，為方便理解，大家可以想像為一群流浪狗等野生動物襲擊某樣東西。這個單字不會出現在升學考試或英語檢定考試裡，若沒有常讀新聞英語或看英語電影、電視節目的話，可能一輩子也不會學到這個字吧。

棒打紙偶 pinata

接下來這篇報導又是有關隆恩·迪尚特，這位前面已經登場過很多次的2024年美國總統候選人。如同前面提及，迪尚特的支持聲浪一度直逼川普，連主流媒體都視他為新時代的寵兒，但他在選戰後期支持率每況愈下，與川普的差距越來越大。本篇報導描述了迪尚特被媒體圍攻的情況。

> From the New York Times on his use of private jets from undisclosed pals to Politico likening his wife to lady Macbeth, DeSantis is getting hammered by a media establishment that he openly disdains. DeSantis has a "lovability" problem, a CNN columnist says. He's gone from media favorite to media **pinata**.
>
> (FOX NEWS, 2023/5/31)

單字註解

undisclosed	形	未公開的
liken	動	把…比作
hammer	動	嚴厲批評、指責
disdain	動	蔑視
lovability	名	好感度、可愛度

> **譯文**
>
> 從《紐約時報》揭露迪尚特使用其未公開友人的私人飛機，到《政治報》將其夫人比作馬克白夫人，迪尚特正遭到他過去公開蔑視的媒體機構群起攻擊。一位CNN專欄作家表示，迪尚特有「好感度」問題，他已從媒體的寵兒成了眾家媒體圍攻的目標。

各位有從這篇文章中讀出迪尚特被媒體抨擊的樣子嗎？報導開頭描述了迪尚特是如何遭到媒體的攻擊。「從《紐約時報》揭露迪尚特使用其未公開友人的私人飛機，到《政治報》將其夫人比作馬克白夫人（From New York Times on his use of private jets from undisclosed pals to Politico likening his wife to lady MacBeth）」，報導中展現了多家媒體刊登了眾多不利於迪尚特的報導。

我們可看出，「迪尚特正遭到他過去公開蔑視的媒體機構群起攻擊（DeSantis is getting hammered by a media establishment that he openly disdains）」，而其理由正如文中所述，是因為迪尚特

本人對媒體表現出詆毀、輕蔑的態度。可以說他本人將媒體視為了敵方。文中接著引述 CNN 專欄作家的言論，提到迪尚特有「好感度問題（lovability problem）」。lovable 指的是「討人喜愛的」、「無法厭惡的」，因此本段正是在說迪尚特並非一位「討人喜歡的人物」。不過我們前面也講過，這樣不討人喜歡的迪尚特，也曾一度受到媒體大量矚目，成為眾人吹捧的時代寵兒。

對於名聲大起大落的的迪尚特，文中描述他「從媒體的寵兒成了眾家媒體圍攻的目標（He's gone from media favorite to media pinata）」。這邊要請各位注意 pinata 這個單字。pinata 原指墨西哥等中美洲國家在聖誕節會進行的一種儀式。儀式中會將糖果等禮物塞入厚紙板做成的紙偶（pinata）中，並將其掛在高處。當地人會以棍棒敲打紙偶，並爭奪從紙偶內掉落的糖果。由於在這種傳統遊戲中，人們會使用棍棒來敲打 pinata，因此其被用來比喻受到眾人攻擊或指責的對象。美國人十分常用 pinata 這個字，不過這個單字在升學考、全民英檢或其他英語檢定中極其少見。

爛透了的 suck

我們之前數度提過美國代表隊在女子世界盃足球賽上的表現。這是另一篇有關美國男子足球代表隊的報導。前面有提過，美國女子足球代表隊在這次世界盃前表現優異，因此眾人也期待她們在這場比賽中能創下「連三冠（three-peat）」的紀錄。不過在本屆賽事中，美國女子足球代表隊只能勉強突破預選賽，並

於16強賽的第一場比賽就敗退，跌破眾人眼鏡。

> So to sum it up, and keep it simple, the USMNT needs to win. Everything else will sort itself out.
>
> "Obviously it **sucks** we couldn't put the ball in the back of the net and come out with the win and three points," said Weston McKennie, who skied a volley in the 26th minute against England.
>
> (USA TODAY, 2022/11/26)

單字註解

sum up	慣 總結
sort out	慣 整理、梳理
sky	動 擊（或踢）高空球、掛於高處

譯文

總之，簡單來說，美國隊必須贏，剩下的一切自然會到位。在英美大戰的第26分鐘踢出凌空射門的威斯頓·麥金尼表示：「我們沒能將球踢到對方球網中贏得這場比賽、拿下三點積分，真是爛透了」。

報導中提到「總而言之，簡單來說（to sum it up, and keep it simple）」，現在「美國代表隊必須贏（the USMNT needs to win）」。只要贏了「剩下的一切自然會到位（Everything else will sort itself out）」。接著，報導中引用了球員威斯頓·麥金尼的發言

「我們沒能將球踢到對方球網中贏得這場比賽、拿下三點積分，真是爛透了（Obviously, it sucks we couldn't put the ball in the back of the net and come out with the win and three points）」。

這邊要請各位注意的是 suck 這個動詞。此字一般來說是指「吸吮」、「吸起」的意思，不過 suck 在口語表達中更常被用來表達「極糟糕的」。在本句中，將 suck 解釋為「吸吮」、「吸起」顯然意思完全不通。當各位在閱讀時，碰到這種用自己知道的普遍語意去解讀會解釋不通時，要記得懷疑這個字（通常是在口語或俗語上）是否有其他語意，並查詢字典。可惜的是，許多主要的英文字典常會查不到這種口語或俗語的語意。若真的查不到，建議各位可試試 Urban Dictionary、The Free Dictionary、The Online Slang Dictionary 等網路字典。

擊倒對手的 pip

此篇也是有關世足賽的報導。這次報導對象不是女子世界盃，而是男子世界盃，內容討論的則是與日本隊在同一個預賽小組的西班牙隊與德國隊的比賽。我想各位都還記得，日本在 2022 年的卡達世界盃中，擊敗了在同一個預賽組合的足球強國德國隊與西班牙隊，進入了 16 強。

而沒預期會輸給日本隊的西班牙跟德國，則必須打倒對方才能爭取到分組賽的另一個 16 強名額。這場德西之戰最終以一比一打成平手，而西班牙隊則以淨勝球分數晉級，德國隊則止步於 32 強預選賽。下面這篇報導，即引用了好不容易突破預選賽的

西班牙隊教練路易斯·恩里克的發言。

"I am not happy at all," said Spain Manager Luis Enrique, who saw his team "dismantled" even as his team did **pip** Germany on goal differential to join Japan in breathing into the 16-team knockout stage of this bumpy World Cup.

(Washington Post, 2022/12/1)

單字註解

dismantle	動 分解、解散
goal differential	名 淨勝球數（球隊進球總數與失球總數之差，用來決定兩支積分相同球隊的名次）
breathe into	慣 恢復生機
bumpy	形 顛簸的

譯文

「我一點也不覺得開心」，西班牙隊教練路易斯·恩里克表明。即使在他所領導的隊伍靠著淨勝球數險勝德國隊，並得以與日本隊一起在本屆曲折的世界盃中晉級16強，他仍認為西班牙隊已經「分崩離析」了。

我們來看這篇報導。開頭引用了西班牙隊教練路易斯·恩里克的發言「我一點也不覺得開心（I am not happy at all）」。為何教練不開心呢？因為「他認為自己的隊伍已經分崩離析了（who saw his team "dismantled"）」。

這邊對dismantled用了引號，是因為隊伍並非如字面上的「崩解」或「分解」，而是單純比喻隊伍在賽場上散漫無章、沒有秩序。不過，文章中在dismantled後面接了even as這個轉折用法，繼續描述道：「他所領導的隊伍靠著淨勝球數險勝德國隊（his team did pip Germany on goal differential）」。

這邊形容西班牙隊「贏過」、「擊敗」德國隊時，用了pip這個口語常用的動詞。另外，pip作為名詞時在俚語中也常被用來描述「優秀的人或物」，這也是升學考試或各種英文檢定中不會出現的單字。

接著，報導最後一段以to開頭的部分談到了西班牙因憑藉淨勝球數贏過了德國隊，而「得以與日本隊一起在本屆曲折的世界盃中晉級16強（to join Japan in breathing into the 16-team knockout stage of this bumpy World Cup）」。此處使用了bumpy這個形容詞，是因為在這屆世足賽中出現了許多爆冷門的比賽結果，如沙烏地阿拉伯隊擊敗了阿根廷、日本隊又擊敗了德國與西班牙。

負面用語 gaslighting

接下來這篇出自《哈佛商業評論》的報導，討論的是有關gaslighting一字。它曾被梅里亞姆·韋伯斯特辭典選為2022年的年度代表字（Word of the Year），因此我想有些讀者可能有聽過。gaslighting這個單字近年來在美國包含政治、商業領域等整

207

個社會中,都經常出現。那麼 gaslighting 這個單字到底用在哪裡呢?請各位一邊想想看,一邊來讀下面這篇文章。給大家一個提示,這絕不是正向單字。

> **Gaslighting** is a form of psychological abuse where an individual tries to gain power and control over you by instilling self-doubt. Allowing managers who continue to gaslight to thrive in your company will only drive good employees away. Leadership training is only part of the solution – leaders must act and hold the managers who report to them accountable when they see gaslighting in action.
>
> (Harvard Business Review, 2021/9/16)

單字註解

psychological	形 心理學的
abuse	名 虐待、濫用
instill	動 灌輸
thrive	動 蓬勃發展
solution	名 解決方案
hold... accountable	慣 追究責任

💬 譯文

煤氣燈效應是一種心理虐待,指的是某人透過灌輸自我懷疑來試圖掌控或操縱你的行為。縱容那些持續利用煤氣燈效應操縱他人

> 的主管在公司中立足，只會導致優秀員工流失。管理層的培訓只能解決部分問題，更重要的是，公司領導者應採取行動，當發現底下的主管做出煤氣燈操縱行動時，需要求他們為自己的行為負起責任。

大家覺得如何呢？我想各位都看出 gaslighting 表達了不好的意思。愛看電影的讀者可能會知道，這個單字最初就是出自於一部名為《煤氣燈下》（Gaslight，1944年）的知名電影。本片的主演是知名演員英格麗·褒曼和夏爾·布瓦耶，其中褒曼因本片獲得了奧斯卡最佳女主角獎。導演更是執導了知名電影《費城故事》、《星海浮沉錄》、《窈窕淑女》等作的著名導演喬治·庫克。因此本片當初在上映前即被預期成為熱門片。可以說《煤氣燈下》這部片在影史中也是相當知名的電影，不過 gaslighting 這個字的知名度現在已經超過電影了。

那麼 gaslighting 到底是什麼意思呢？在電影《煤氣燈下》中，丈夫對妻子說謊，試圖讓妻子誤信錯誤資訊。而妻子在一開始原本不相信，卻在自己信賴的丈夫反覆的言語操作間，慢慢開始懷疑是不是自己搞錯了。於是，gaslight 即被用來形容這種操弄（manipulate）他人心理的行為，從現今角度來看可說是一種心理暴力。

我們回來看報導內容。首先，開頭提到「煤氣燈效應是一種心理虐待（Gaslighting is a form of psychological abuse）」，並清楚說明了 gaslighting 的現代語意：「某人透過灌輸自我懷疑來試圖

掌控或操縱你的行為（where an individual tries to gain power and control over you by instilling self-doubt）」。gaslighting 此字的關鍵即是 instilling self-doubt。它的核心概念即是要引導對方開始懷疑自己的想法是錯誤的。

接著，文中警告讀者：「縱容那些持續利用煤氣燈效應操縱他人的主管在公司中立足，只會導致優秀員工流失（Allowing managers who continue to gaslight to thrive in your company will only drive good employees away）」。最後結尾處提到「管理層的培訓只能解決部分問題（Leadership training is only part of the solution）」，要真正解決問題的話，「領導者應採取行動，當發現底下的主管做出煤氣燈操縱行動時，需要求他們為自己的行為負起責任（leaders must act and hold the managers who report to them accountable when they see gaslighting in action）」。

荒唐的 rich

前面介紹到的都是名詞和動詞的口語用法，因此我接下來想介紹一些口語的形容詞。第一篇的內容是星巴克創辦人霍華·舒茲遭政府勞動部門嚴厲指責，而共和黨知名議員米特·羅姆尼則出面聲援他。舒茲之所以受到譴責，是由於他個人因討厭工會，而強烈反對星巴克員工組成工會。而過去曾一度成為共和黨提名總統候選人的參議員米特·羅姆尼，則出面協助他。

Shultz, a registered independent, found an ally in Senate Republicans, who praised his contributions as a businessman and accused the National Labor Relations Board of misconduct. "It's somewhat **rich** that — you're being grilled by people who have never had the opportunity to create a single job and yet they believe that they know better how to do so," said Sen. Mitt Romney (R-Utah).

(Washington Post, 2023/3/29)

單字註解

registered	形	已登記的
ally	名	盟友
praise	動	稱讚
contribution	名	貢獻
accuse	動	批判
misconduct	名	不當行為、濫用職權
grill	動	拷問、盤問

譯文

舒茲這位無黨籍人士獲得了共和黨參議員的支持。對方高度讚揚他作為商人所做出的貢獻，並指控國家勞動關係委員會濫用職權。猶他州共和黨參議員米特‧羅姆尼表示：「你正在被這些從來未能創造任何職缺，卻相信自己比別人更擅長管理勞工的人抨擊——這實在荒謬至極。」

如前所述，霍華·舒茲以厭惡工會聞名。他堅決反對星巴克內部員工組成工會，更有傳言說他曾做出擊潰工會的舉動。報導開頭描述「舒茲這位無黨籍人士獲得了共和黨參議員的支持（Schultz, a registered independent, found an ally in Senate Republicans）」。下一句提到這位共和黨夥伴「高度讚揚他作為商人所做出的貢獻，並指控國家勞動關係委員會濫用職權（who praised his contributions as a businessman and accused the National Labor Relations Board of misconduct）」。

接著，報導引用了這位舒茲的共和黨新夥伴米特·羅姆尼的發言：「你正在被這些從來未能創造任何職缺，卻相信自己比別人更擅長管理勞工的人抨擊──這實在荒謬至極（It's somewhat rich that — you're being grilled by people who have never had the opportunity to create a single job and yet they believe that they know better how to do so）」。

這邊想請各位特別注意句首出現的 rich 這個形容詞。很多人認為 rich 一般指「豐富的」、「富裕的」，不過這邊解釋為「豐富的」語意完全不通。其實在英文口語上，rich 有「讓人發笑」、「偽善」、「荒唐」的意思。像 rich 這種很基本的單字，在口語上反而常會出現令人意想不到的另一層語意。此時，就要請各位懷疑，這個字是不是還有其他意思，並主動去查字典。

結束的 toast

接下來這篇報導，記錄的是2023年5月發生的俄羅斯瓦格納兵變。我想應該有不少讀者知道這件事。普里格津是傭兵團瓦格納的領導者，瓦格納傭兵團過去亦曾參與烏俄戰爭，並斬獲了比俄軍更豐碩的戰果。

同時，由於普里格津還有經營速食店和外燴事業，他曾一度被稱作「普丁的大廚」，是與普丁關係密切的人物。這位普里格津由於烏俄戰爭中武器供應不足的問題，與俄軍領袖產生衝突，最終與俄軍反目成仇，挑起兵變。不過在外界看來，這並不是單純對俄軍的叛亂，也是對普丁的叛變。

> "This isn't meant to happen in Putin's system," said Cold war historian and Johns Hopkins School of Advanced International Studies professor Sergey Radchenko in a recent Twitter thread. "Putin's system allows for minions to attack each other but never undermine the vertical. Prigozhin is crossing this line. Either Putin responds and Prigozhin is **toast** or – if this doesn't happen – a signal will be sent right through."
>
> (CNN, 2023/5/11)

單字註解

be meant to	慣	注定要
historian	名	歷史學家
minion	名	部屬、爪牙、奴僕
undermine	動	（逐漸地）削弱權威、信心
vertical	名	垂直位置

譯文

「這種事情不應該在普丁的體系中發生。」冷戰歷史專家，且為約翰霍普金斯大學高等國際研究院教授的賽吉·拉德琴科在近期的推文中表示，「普丁的體制允許下屬之間互相攻擊，但絕不容忍底下的人挑戰縱向權力結構。而普里格津已經越線了。若普丁選擇回應，普里格津的結局將是徹底毀滅。但若普丁沒有採取行動，這將揭示某種訊息。」

來看這篇報導。開頭便引用了約翰霍普金斯大學高等國際研究院教授賽吉·拉德琴科的發言：「這種事情不應該在普丁的體系中發生（This isn't meant to happen in Putin's system）」。此處用到isn't meant to這個說法。此片語如同字面所示，指「不具⋯的意思」、「沒有⋯的意圖」。更通俗的說法即為「不應該會⋯」。

另外雖然與本篇報導無關，但我也曾在約翰霍普金斯大學高等國際研究院（SAIS）做過一年的高級客座研究員（2017～2018）。SAIS是美國最具權威的國際關係研究所之一，有許多

頂級學者在裡面針對世界各國的政治經濟情勢進行分析研究。本篇報導中出現的賽吉‧拉德琴科教授，從名字看來像是烏克蘭人或俄羅斯人。姓氏結尾為enko的大多是有烏克蘭血統的人，不過因俄羅斯也有許多具烏克蘭血統的國民，因此我才會猜測他是烏克蘭或俄羅斯人。稍微離題了，我們回來看文章。報導繼續引述賽吉‧拉德琴科教授的發文，「普丁的體制允許下屬之間互相攻擊，但絕不容忍底下的人挑戰縱向權力結構（Putin's system allows for minions to attack each other but never undermine the vertical)」。

這邊要注意的是，minions和the vertical在本句中是相對的字。單字註解中有寫到，minion指的是「下屬」、「部下」之意，而vertical則是形容詞，指「垂直的」。本句中的the vertical前面接了定冠詞the變成名詞，統稱的是以普丁為最高點的「上位者」。這句話的意思是，普丁可以接受下屬之間的爭鬥，不過往上攻擊到像普丁這種上層人物，是絕不容許的。報導提到在普丁的黃金法則體系中，「普里格津已經越線了（Prigozhin is crossing this line)」。並於下一句描述接下來可能會發生的事。

對於普里格津的叛變，「如果普丁選擇回應，普里格津的結局將是徹底毀滅。但若普丁沒有採取行動，這將揭示某種訊息（Either Putin responds and Prigozhin is toast or – if this doesn't happen – a signal will be sent right through)」。在這場叛變後，如拉德琴科教授所預言的，普丁「做出了回應」。普里格津停止了對俄軍的攻擊，不久後即死於飛行意外，名副其實的「完蛋了」。想請各位注意toast的用法。提到toast，大家通常想到

的都是「吐司」或「乾杯」的意思，不過在這句話中兩個意思都無法解釋通順。其實 toast 在口語上可當形容詞用，指「命數已盡」、「完蛋了」的意思。母語者的對話中常出現 If you do…, you're toast.（你要做…的話就完蛋了）的用法。

不怎樣的 meh

到了本章節的最後一篇。壓軸登場的是一篇有關華盛頓特區知名餐廳的報導。這間餐廳名為 Café Milano，是一間位於華盛頓特區中最時尚的喬治城內的高級餐廳。我在駐點華盛頓特區前，就常於出差時多次受邀到這家餐廳用餐，駐點時也常招待他人來這家餐廳。不過下面這篇報導提到，這家餐廳雖然無敵高級，料理本身和餐廳裝潢都不怎麼樣，且附近既沒有停車場也不能路邊停車。但即使有這麼多缺點，這間餐廳至今仍然高朋滿座，且出入的都是知名政治人物和名流。

> Food Is **Meh**, Décor Is Bland, Parking Nonexistent: Must Be D.C.'s Most-Exclusive Restaurant. The politically influential jam Café Milano, a rare bit of neutral turf in partisan Washington where rivals actually talk; 'the grownups table.' The pizza is described by one restaurant critic as dull, the lobster pasta as overcooked. The décor, bland. Street parking? Not easy.
>
> (Wall Street Journal, 2023/7/6)

單字註解

bland	形	無滋味的、枯燥乏味的
décor	名	裝飾風格
jam	名	擁擠、堵塞
partisan	形	黨派性強的
grown-up	名	成年人
critic	名	評論家
dull	形	乏味的

譯文

食物平平、裝潢無趣、沒有停車位：這肯定是在說華盛頓特區最頂級的餐廳。極具政治影響力的人氣餐廳Café Milano是一處罕見的政治中立地帶。在此，誓不兩立的政敵竟能彼此交談，這是「大人的餐桌」。如一位美食評論家所述，他們的披薩無味至極、龍蝦義大利麵煮過頭。裝潢枯燥乏味。至於路邊停車？恐怕沒那麼容易。

我想各位單看報導大概不會想去這間餐廳。不過這間餐廳仍天天高朋滿座。報導中其實提到了他如此熱門的其中一個理由，我們稍後說明。來看文章內容。這篇報導從一開頭就反諷意味十足，狠批餐廳「食物平平、裝潢無趣、沒有停車位：這肯定是在說華盛頓特區最頂級的餐廳（Food Is Meh, Décor Is Bland, Parking Nonexistent: Must Be DC's Most Exclusive Restaurant）」。

其實這篇文章的嘲諷力道強到我自己當初也有點掙扎，苦惱到底該把這篇用作英文口語的範文，還是第四章「辛辣的反諷」例文比較好。英語學習上，這邊要特別注意形容詞 meh。這個口語用詞是指「不怎麼樣」、「不如期待」、「普普通通」的意思。此字雖在口語中很常用到，不過在正規的單字書跟文章裡就不會出現了。

這間餐廳為何會成為華盛頓特區最高級的餐廳呢？答案在下面這句話。其理由即是：「極具政治影響力的人氣餐廳 Café Milano 是一處罕見的政治中立地帶（The politically influential jam Café Milano, a rare bit of neutral turf in partisan Washington）」。單純寫「具有政治影響力」，可能有些人無法馬上理解。因此報導中列出更具體的理由：「在此，誓不兩立的政敵竟能彼此交談，這是「大人的餐桌」（where rivals actually talk; 'the grown-ups table'）」。也就是說，在議院中死不相往來的民主、共和兩黨議員，在這間餐廳中卻可以和樂融融一起吃飯。我自己在這間 Café Milano 用餐時，也曾數度撞見鄰桌或附近有民主黨與共和黨的知名議員在聚餐，也曾碰過歐巴馬在隔壁間用餐。

報導後續引用了某位美食評論家的發言，做出了對實際餐點的評價並寫道「他們的披薩無味至極、龍蝦義大利麵煮過頭（The pizza is described by one restaurant critic as dull, the lobster pasta as overcooked）」。另外又評論道「他們的裝潢枯燥乏味。至於路邊停車？恐怕沒那麼容易（The décor, bland. Street parking? Not Easy）」。

就我自己的經驗來看，這間餐廳隨時都超級熱門，來客也多是愛說話的人，我常會聽不到一起用餐的同桌客人或同事說的話。即使如此，這間餐廳不管白天黑夜都是客滿狀態，實在是不可思議！

第 7 章
連續使用同義詞及近義詞

在本章中,我想向各位介紹新聞英語中非常頻繁使用的一種修辭技巧,即連續使用近義詞。連續使用近義詞,能避免讀者誤解作者或發言者真正想表達的意思。就我所知,幾乎沒有英語學習書點出新聞英語有這種連續使用近義詞的特徵。

我自己也是在不久前才注意到這件事。我已經保持閱讀新聞英語的習慣長達40年,才終於在五、六年前意識到這件事。這個修辭方法雖然被我統稱為近義詞,不過其實仔細來說語意的相差程度可能會有所不同。在這些英語報導中,有些連續使用的近義詞在語意上幾乎百分之百相同,有些則會有些許落差。雖然不同文章在使用近義詞時,兩個詞彙的語意相似度多少會有差異,不過在本質上,就是於文章中放入兩個以上主旨、方向相同的詞彙。那麼,讓我們一起來讀接下來這些實際連續使用了近義詞的報導吧。

aides and allies

我想先介紹連續使用了意思相近兩個名詞的文章。第一篇是關於大家都很熟悉的川普發言。川普常忽略幕僚和夥伴的意見，自作主張做出發言。不過這回好像不一樣了。

> To the delight of **aides and allies** who have long advised him to mount a forward-looking campaign, Trump did not harp much on his lies about the 2020 election in his remarks Tuesday. Rather, he framed this moment as a battle against "massive corruption" and "entrenched interests."
>
> (CNN, 2022/11/15)

單字註解

to the delight of	慣 使…開心的是
mount	動 舉行、舉辦
harp on	慣 反覆談論、不斷抱怨
remark	名 評論、言辭
frame	動 表達、塑造
corruption	名 腐敗、貪汙
entrenched interest	名 既得利益集團

💬 譯文

川普的副手與盟友長期建議他舉辦一場著眼於未來的競選活動，讓他們喜出望外的是，川普在週二的發言中不再重複提及他對

> 2020年選舉的說詞,而是稱這將是一場對抗「大型貪汙」和「既得利益者」的戰爭。

我們來看這篇報導。開頭提到「讓副手與盟友喜出望外(To the delight of aides and allies)」。請注意,這句話的 aides and allies 是連續出現的近義詞。aides 指的是「幕僚、輔佐官」的意思,是新聞英語中的高頻單字。而 allies 則指「支持者」、「同盟」之義,嚴格來說 allies 和 aides 在語意上稍有差異,不過兩者想表達的都是川普夥伴之意。針對這些 aides and allies,報導在 who 後面補充了更多資訊。文中提到「這些人長期建議他舉辦一場著眼於未來的競選活動(who have long advised him to mount a forward-looking campaign)」。

為什麼這些 aides and allies 感到開心呢?答案在下面這段話:「川普在週二的發言中不再重複提及他對2020年選舉的謊言(Trump did not harp much on his lies about the 2020 election in his remarks Tuesday)」。如同前面提及,這些 aides and allies「長期建議他舉辦一場著眼於未來的競選活動」,而川普終於聽從建議,不像往常一樣只做出一些檢討過去事件的發言,因此這些 aides and allies 自然感到欣慰。

結尾處,這篇文章具體說明了川普的發言內容:「稱這將是一場對抗『貪汙』和『既得利益者』的戰爭(Rather, he framed this moment as a battle against "massive corruption" and "entrenched interests")」。此處出現的 entrenched interests 指的是「既得利

益」，即在現行體制中已建立穩固的人脈與基礎，能自然從體制中獲取利益的組織或人物。除了 entrenched interests 之外，英文中也會用其同義詞 vested interests 來形容「既得利益」。

subterfuge and fraud

在前一篇 CNN 的報導中，提到川普聽從了副手和支持者的建議，沒有繼續針對 2020 年的選戰撒謊。不過在同一天由華盛頓郵報所刊出的這篇報導中提及的現場狀況，與 CNN 的內容卻有點出入。這篇報導提到，川普持續要求當局嚴格控管投票公正性。川普之所以會如此要求，是由於他在毫無證據的情況下持續主張 2020 年總統選舉有發生不利自己的選舉舞弊情形。不過除了川普的支持者之外，沒人相信有發生選舉弊案（就連其支持者中也有許多人不相信）。我們來讀這篇報導，看看川普要求投票時應有什麼樣的規範制度。

> As he continues to insist without evidence that Biden benefited from **subterfuge and fraud**, Trump renewed his demand for sweeping restrictions on voting, including ending early voting (currently in use in 46 states) and voting by mail (available without an excuse in 35 states). "I'll get that job done," he said Tuesday. "That's a very personal job for me."
>
> (Washington Post, 2022/11/15)

單字註解

insist	動	堅決主張
benefit	動	受益
subterfuge	名	詭計、託辭
fraud	名	詐騙、欺詐
renew	動	復原、更新
sweeping	形	全面的、徹底的
restriction	名	限制

💬 譯文

川普在沒有任何證據的情況下，持續堅稱拜登在選戰中因欺詐與舞弊行為而受惠。他再次呼籲當局針對投票制度做出全面性限制，包括終止提前投票（目前共有46州允許提前投票）和郵寄投票（共35州不需特殊理由即可進行郵寄投票）。他在週二表示：「我會親自推動完成這項工作，這對我個人來說非常重要」。

報導開頭提到「川普持續堅稱拜登在選戰中因欺詐與舞弊行為而受惠（As he continues to insist without evidence that Biden benefited from subterfuge and fraud）」。在英語學習上，這邊希望各位可以關注連續使用了subterfuge and fraud兩個可說語意幾乎相同的單字。其中fraud（詐欺）可謂是新聞英語中會高頻出現的基本單字。而subterfuge（詭計、欺瞞）在語感上比fraud更書面一些，不是日常會頻繁看到的單字，不過各位如果將subterfuge and fraud兩個單字視為一組記憶，會更容易記起來。

從內容面來看，此處川普主張的是，2020年的總統大選中有出現投票不公的狀況，導致了拜登最終的勝選。文中提到這是「毫無證據（without evidence）」的主張。而後一句提到，「他再次呼籲當局針對投票制度做出全面性限制（Trump renewed his demand for sweeping restrictions for voting）」。請各位注意這邊使用了renew一字。在語法上，renew一般指雜誌訂閱或健身房會員這種付費制度的「續約」，不過renew在此處與repeat語意相近，指的是「重複」、「重新主張」之意。

那麼川普要求的「投票制度的全面性限制」具體指的是什麼呢？報導中在including之後提供了更詳細的資訊。根據報導所述，川普要求針對「提前投票（目前共有46州允許提前投票）和郵寄投票（共35州不需特殊理由即可進行郵寄投票）（early voting (currently in use in 46 states) and voting by mail (available without an excuse in 35 states)）」進行規範。最後，文中引用川普說的話作為結尾：「我會親自推動並完成這項工作，這對我個人來說非常重要（I'll get that job done. That's a very personal job for me）」。

villains and scoundrels

我們再來看一篇有關川普的報導。這篇報導引述了川普在某場會面中的發言，除了拜登與民主黨員之外，他還揚言要打倒共和黨中「名不符實的共和黨員（RINO）」，可以說是川普式的火力全開。

"We will beat the Democrats, we will rout the fake news media, we will expose and appropriately deal with the RINOs (Republicans in Name Only). We will evict Joe Biden from the White House and we will liberate America from these **villains and scoundrels** once and for all," Trump told the crowd at a Maryland convention center outside Washington on Saturday.

(CNN, 2023/3/6)

單字註解

beat	動 打敗、打倒
rout	動 擊潰、使潰敗
expose	動 暴露
appropriately	副 適當地
evict	動 驅逐
liberate	動 解放
villain	名 惡棍、反派
scoundrel	名 惡棍、無賴
once and for all	慣 永久地、一次性地

譯文

川普週六在華盛頓郊外馬里蘭州的一處會議中心對群眾表示：「我們要打倒民主黨、擊潰滿口謊言的媒體，然後揪出並處置名不符實的共和黨員（RINOs）。我們會把喬·拜登趕出白宮，徹底從壞蛋與惡人手中解救美國。」

報導開頭引述了川普一如既往充滿威嚇性的激烈言論「我們要打倒民主黨、擊潰滿口謊言的媒體（We will beat the Democrats, we will rout the fake news media）」。這邊用到了beat和rout兩個動詞。這兩者基本上都是「攻擊」、「打倒」之意，是同義字的抽換修辭。

接著川普將矛頭轉向了RINO，提到「我們將揪出並處置名不符實的共和黨員（we will expose and appropriately deal with the RINOs）」。共和黨與民主黨內部在政治思想上本就存在個人差異，有些民主黨員的想法比較接近共和黨一點，也有一些比較傾向民主黨的共和黨員。在共和黨內部，會稱這些雖然身為共和黨員，但思維比較接近民主黨的人們為RINO，認為他們並不夠「共和黨」。與其相同的，身為民主黨員想法卻比較接近共和黨的人也會被稱作DINO（Democrats in Name Only），不過DINO沒有RINO這麼常見。

其後，川普矛頭一轉，開始攻擊主要對手拜登。他說：「我們會把喬·拜登趕出白宮（we will evict Joe Biden from the White House and we will liberate America from these villains and scoundrels once and for all）」。這邊想請各位注意的是villains and scoundrels這兩個連續出現的近義詞。這兩個單字都是「壞人」、「壞蛋」的意思，幾乎可視為同義詞。不過以邪惡程度來看的話，scoundrel會比villain更強烈一點。使用頻率上則剛好相反，villain比scoundrel更常出現。無論如何，這兩個單字在語意上差異不大，各位可參考川普的用法，把villains and scoundrels當成一組背起來。

sway and gravitas

下面這篇報導，介紹的是聯邦儲備理事會前副主席，現擔任拜登政府國家經濟委員會主席（Director of National Economic Council）的萊爾·布蘭納德。從她的資歷可看出，布蘭納德是美國政界的大人物。而她的丈夫庫爾特·康貝爾也是一名與日本關係密切的知名外交官，曾於歐巴馬執政時期負責東亞暨太平洋事務助理國務卿。而康貝爾本身也任職拜登政府的「美國國家安全委員會印太事務協調官（National Security Council Coordinator for the Indo-Pacific）」。

布蘭納德和康貝爾兩位都是在美國政界有影響力的人物，也是知名的高官夫妻檔（我個人在駐點華盛頓時曾數度與康貝爾有面談的機會，另外在前面提到的 Café Milano 也曾遇過兩夫妻在用餐）。本篇報導描述了布蘭納德在美聯儲內部，率先主張了針對氣候變遷可能會對金融與經濟造成重大影響一事。

> During the Trump years, Brainard was the main voice pushing for the fed to examine the ways climate change could threaten financial stability or the overall economy. That role has since been taken up by Barr, confirmed to be vice chair for bank supervision last year. Still, Gardner said Brainard's **sway and gravitas** on the fed board have helped elevate issues within the central bank's sprawling agendas.
>
> (Washington Post, 2023/2/14)

單字註解

push for	慣	推動
examine	動	調查
threaten	動	威脅、脅迫
stability	名	穩定性
overall	形	全面的
role	名	角色
sway	名	支配、影響
gravitas	名	莊嚴、莊重
elevate	動	提升
sprawling	形	蔓延的

譯文

在川普執政期間，布蘭納德積極發聲，促使聯邦儲備委員會調查氣候變遷對金融穩定性與整體經濟可能造成的威脅。而後該角色由去年被聘任為負責監管銀行的副主席巴爾接手。不過賈德納表示，布蘭納德在聯邦儲備委員會有影響力與威望，使該議題被納入中央銀行日益擴展的議程中。

報導首先提及「布蘭納德是主要倡議人物（Brainard was the main voice）」。而她是什麼的「主要倡議人物」呢？後面以 pushing 開頭的句子中提供了追加資訊：「促使聯邦儲備委員會調查氣候變遷對金融穩定性與整體經濟可能造成的威脅（pushing for the fed to examine the ways climate change could threaten financial stability or the overall economy）」。而後，文中

提到在氣候變遷重要性的相關議題訴求上「該角色由去年被聘任為負責監管銀行的副主席巴爾接手（That role has since been taken up by Barr, confirmed to be vice chair for bank supervision last year）」。此處的巴爾即是指在布蘭納德之後接任聯邦儲備委員會副議長的麥可·巴爾（Michael Barr）。

而後，布蘭納德轉任國家經濟委員會主席，沒有繼續在美聯儲負責氣候變遷問題。不過報導結尾提到：「賈德納表示，布蘭納德在聯邦儲備委員會有影響力與威望，使該議題被納入中央銀行日益擴展的議程中（Still, Gardner said Brainard's sway and gravitas on the fed board have helped elevate issues within the central bank's sprawling agendas）」。這邊出現的 Still 是非常重要的單字，並在本文中用得相當好。前一句提到，巴爾取代了布蘭納德繼續在氣候變遷議題上進行倡議，而下一句開頭用到了 Still 一詞，暗示了布蘭納德仍對美聯儲有影響力。

另外在英語學習上，請各位注意本篇中連續使用了 sway and gravitas 這兩個近義詞。sway 一般作動詞使用，指「搖動」之意，後衍生為動詞「造成影響」或名詞「影響力」之意，是新聞英語中常見的詞彙。而 gravitas 是指「莊嚴」、「莊重」的意思。雖和 sway 不完全是同義詞，不過在 FRB 組織內有「重要性」即是對組織有「影響力」，兩者想表達的意思基本相同。

232

anxiety and trepidation

我們稍微換個主題，來看看下面這篇討論的是MBA（企業管理碩士）的就業狀況。在美國的MBA學程中最知名的哈佛及史丹佛等名校畢業生，在求職時基本上是處於賣方市場，一般來說不會太難找到工作。不過若經濟狀況不佳，就連名校學生在找工作時似乎也充滿了擔憂。

> Is an MBA from what is widely seen as the most prestigious business school in the US truly recession-proof? That claim – often implied, if not articulated – has been put to the test this spring at Harvard Business School. There's "a lot of **anxiety and trepidation** about the job market," says Albert Choi, a second-year student now planning his own business.
>
> (Bloomberg, 2023/6/1)

單字註解

prestigious	形	有威望的、有聲望的
imply	動	暗指、意味著
articulate	動	明確有力地表達
anxiety	名	焦慮、不安
trepidation	名	惴惴不安

> 💬 **譯文**
> 擁有公認全美最高聲望商學院的MBA學位，真的可以抵禦經濟不景氣的衝擊嗎？這個大眾不斷明示暗指的議題，在今年春季於哈佛商學院被付諸實證。「我們對就業市場充滿了不安與憂慮」，亞伯特·崔表示。他是一名正計劃創業的二年級學生。

我們來看這篇報導。報導開頭即直擊核心地提出問題：「擁有公認全美最高聲望商學院的MBA學位，真的可以抵禦經濟不景氣的衝擊嗎？（Is an MBA from what is widely seen as the most prestigious business school in the US truly recession-proof?）」。接著，文章內使用一個插入句來形容這個主張（claim）：「經常被暗示，或甚至明確提出（often implied, if not articulated）」。並說明「它在今年春季於哈佛商學院被驗證（has been put to the test this spring at Harvard Business School）」。意即，今年春季的經濟狀況正實際測試了像哈佛商學院這種超級名校的學生，在遇到經濟不景氣時是否仍可一帆風順地就職。

我們看文章的後半段，就知道現實沒有想像如此簡單。報導中引用了一位二年級學生的發言：「我們對就業市場充滿了不安與憂慮（There's "a lot of anxiety and trepidation about the job market"）」。此處使用了anxiety and trepidation兩個連續的近義詞。如同單字註解寫到的，anxiety指「焦慮」、「不安」，而trepidation則指「惴惴不安」，兩者基本上可視為同義詞。anxiety是常見的基本單字，不過trepidation應該可說是難度相當高的詞彙吧。另外，trepidation常見的基本詞組還有with trepidation（忐忑不安）和 without trepidation（毫不畏懼）等，可以一起記起來。相似的形容詞還有 trepid（膽小的），其反義詞則是 intrepid（大膽的），請各位趁此機會把相關詞彙一起記起來（trepid 不太常用，但 intrepid 是常見單字）。

flubs and gaffes

接下來這篇報導，描述在大眾對拜登年齡的擔憂持續攀升時，拜登為出席G20高峰會拜訪了越南河內，並在記者會上失言說了幾個莫名其妙的笑話。拜登當時81歲，假設在2024年再次當選總統，第二次任期結束之際將成為86歲的超高齡總統。大眾對於拜登屆時能否兼顧體力與智力，勝任總統職位一事充滿了不安。再加上拜登於就任總統前就頻頻失言，此狀況近年來甚至更為頻繁。就在這類擔憂不斷加劇時，拜登為出席G20高峰會造訪河內，並在記者會上做出了令人摸不著頭緒的發言。

Misgivings about his age have been turbocharged by various verbal **flubs and gaffes**.
On Sunday, Biden raised eyebrows during a stop in Hanoi, Vietnam during an international press event to talk about the Group of 20 summit and geopolitical maneuverings in Asia. "I tell you what, I don't know about you, but I'm going to go to bed," Biden joking during a rambling speech and a question about why he hasn't spoken to Chinese leader Xi Jinping.

(New York Post, 2023/9/10)

單字註解

misgiving	名	疑慮、擔憂
turbocharge	動	推進、促進
verbal	形	口頭的
flub	名	出錯、失策
gaffe	名	失禮、失言
raise eyebrows	慣	令人震驚
maneuvering	名	策略、動作
rambling	形	雜亂無章的、散漫無序的

譯文

人們對拜登年齡的擔憂因他多次的口誤與失言而進一步加劇。拜登在週日於越南河內的一場國際記者會上，談及全球20大經濟體高峰會與亞洲的地緣政治動向時，做出了震驚全場的發言。

在散漫無章的發言後，回應有關為何尚未與中國國家主席習近平對話的問題時，拜登開玩笑地表示：「我告訴你，我不知道你怎麼想，但我要去睡覺了。」

報導開頭即直指事件核心「人們對拜登年齡的擔憂因他多次的口誤與失言而進一步加劇（Misgivings about his age have been turbocharged by various verbal flubs and gaffes）」。從英語學習的角度來看，有兩個希望各位特別注意的重點。第一個是這邊使用了turbocharge此動詞。turbocharge指的是"to make something grow or increase at a faster rate than usual"（使某事以更快的速率成長或增加），其語意的重點在於「比平常更快」。也就是說，

turbocharge 包含了「進一步加快其趨勢」的含意，此處要表達的是「人們過往就對於拜登年齡的表示擔憂，但此擔憂進一步加劇」。

第二個重點在連續使用了兩個近義詞 flubs and gaffes。這兩個單字的意思如單字註解所述，幾乎可視為同義詞（過失、失策）。gaffe 本就是新聞英語極常用的字彙，而 flub 的使用頻率則沒那麼高。

我們回來看報導內容，接下來這段話所描述的事件，說明了大眾對拜登年齡的擔憂加劇之理由。報導提及：「拜登在週日於越南河內的一場國際記者會上，談及全球20大經濟體高峰會與亞洲的地緣政治動向時，做出了震驚全場的發言（On Sunday, Biden raised eyebrows during a stop in Hanoi, Vietnam during an international press event to talk about the Group of 20 summit and geopolitical maneuverings in Asia）。

但單看這段還不夠具體。這句話並未明確說明拜登實際到底說了什麼話「震驚全場」。因此，文章最後引用了拜登的發言為此作出說明。「拜登在散漫無章的發言後，回應有關為何尚未與中國國家主席習近平對話的問題時開了個玩笑（Biden joking during a rambling speech and a question about why he hasn't spoken to Chinese leader Xi Jinping）」。文中提到，拜登說「我告訴你，我不知道你怎麼想，但我要去睡覺了」，這種讓人難以想像是一國總統會做出的發言。在記者會上做出這樣的應答，實在讓人

無法不擔心拜登是否真的可以繼續當總統。另外補充，拜登這邊說的"I tell you what"，是在對話中要開啟話題時經常使用的常用句，意思類似中文的「我跟你說」、「我告訴你」等。

critical and dismissive

我們前面看的新聞英語範文，都是連續使用了兩個意思相近或同義的名詞。接下來我們稍微看幾篇連續使用近義或同義形容詞的範文。

第一篇是有關美國新聞與世界報導的大學排名調查。這個大學排名現今可說是美國新聞最大的賣點。除了四年制的一般大學外，還包含商學院、法學員、醫學院等專業學院，甚至是社區大學與文理學院的排名。其中最受矚目的就是商學院與法學院的排名了。此篇報導提到，耶魯大學法學院與哈佛大學法學院宣布退出美國新聞這個極具影響力的排名榜單。請各位想想，在美國法學院中最為頂尖的兩巨頭耶魯與哈佛法學院退出排名後，會對美國新聞此排行榜造成什麼影響。

> It's difficult to say whether Yale and Harvard law schools' exit will impact the reputation or direction of the annual rankings. The famed scoring system still has clout even as a crop of competitors has emerged in recent years. The ranking formula has evolved, with more emphasis on student retention and graduation. College and university leaders are

routinely **critical and dismissive** of the listing, but thousands of schools continue to participate.

(Washington Post, 2022/11/16)

單字註解

exit	名 退出、出口
reputation	名 名聲、名望
famed	形 有名的
clout	名 影響力
formula	名 方法
evolve	動 發展、進化
retention	名 保留、維持
dismissive	形 輕視的、不屑一顧的

譯文

很難說耶魯與哈佛法學院退出評比，是否會影響年度排名的威望或方向性。美國新聞的這個知名評分系統在近年來有許多競爭者加入後，仍保持相當的影響力。他們的評分方法變得更著重學生的就學穩定率和畢業率。許多大學及學院領導人持續對此排名表達批評或不屑一顧，然而仍有成千上萬的學校繼續參與此評比。

在前面請各位於閱讀時留意耶魯與哈佛兩校的法學院退出排名後，「會對排名造成什麼樣的影響」，報導開頭即寫到「很難說耶魯與哈佛法學院退出評比，是否會影響年度排名的威

望或方向性（It's difficult to say whether Yale and Harvard law school's exit will impact the reputation or direction of the annual rankings）」。對美國新聞來說，耶魯與哈佛兩大最知名的法學院退出評比一事，當然可能對榜單造成極大打擊，不過報導也提到了「這個知名評分系統在近年來有許多競爭者加入後，仍保持相當的影響力（The famed scoring system still has clout even as a crop of competitors has emerged in recent years）」。

另外文中也提到「他們的評分方法有所進化（The ranking formula has evolved）」，更具體地說是「變得更著重於學生的就學穩定率和畢業率（with more emphasis on student retention and graduation）」。另外，要做出排名，必須針對各個項目進行量化分析。過去在法學院的評比中，佔較大權重的是學生在大學時期的GPA成績、報考法學院時被要求的LSAT成績，以及錄取率等項目，近年來除了上述學業方面的成績以外，也開始注重其他項目。

實際上，不管要做什麼排名，評選項目的設定及各項目的權重分配都會大幅影響評比結果。正因評比有其困難之處，且某種程度上帶有一點自作主張的成分在，因此不少大學相關人士都對美國新聞這類排名抱有不滿。報導中也提到「許多大學及學院領導人持續對此排名表達批評或不屑一顧（College and university leaders are routinely critical and dismissive of the listing）」，不過「仍有成千上萬的學校繼續參與此評比（thousands of schools continue to participate）」。請各位注意，

這邊使用了 critical and dismissive 這兩個語意相近的形容詞。critical 是常見基本單字，意指「批判的」。不過可能會有些人對 dismissive 這個詞沒那麼熟悉。如同單字註解寫到的，dismissive 指「輕視的」、「輕蔑的」，不能說與 critical 語意完全相同，不過在本文要表達的意思上是相通的，因此可說兩者是近義詞。

stale and lifeless

接下來這篇是有關2022年卡達世界盃足球賽冠軍阿根廷的報導。賽事中因有梅西等人的活躍表現，讓阿根廷最終在冠軍賽中打敗了法國隊取得最終勝利。但其實小組賽開場時可說是出師不利，阿根廷在第一場預選賽輸給了沙烏地阿拉伯。阿根廷第二場對上的是墨西哥。雖然阿根廷以二比零的分數打敗墨西哥，不過對阿根廷隊教練萊納爾·斯卡洛尼來說，這似乎並不是個令人滿意的結果。本篇報導描述阿根廷在球場上的表現。

> Though a win against Mexico on Saturday was crucial, Argentina coach Lionel Scaloni will also have wanted to see a much-improved performance as proof that the loss to Saudi Arabia was nothing more than a blip. Not least given that before that Saudi defeat Argentina had gone 36 games unbeaten. However, that performance never materialized with Argentina looking **stale and lifeless** for much of the game.
>
> (CNN, 2022/11/26)

單字註解

crucial	形 重要的
nothing more than	慣 僅僅是…
blip	名 暫時的變化
not least	慣 尤其是、特別是
defeat	動 打敗
unbeaten	形 未敗過的
materialize	動 實現、具現化
stale	形 陳舊的、沒有新意的
lifeless	形 死氣沉沉的

譯文

雖然阿根廷週六對上墨西哥的勝利至關重要，但球隊教練萊納爾·斯卡洛尼顯然也希望球隊能有更好的表現，以證明敗給沙烏地阿拉伯不過是一時失常。更何況在被沙烏地阿拉伯打敗前，阿根廷已維持了連36場不敗的戰績。不過阿根廷於這場比賽中的表現並不如教練期待，反而在大部分的比賽過程中顯得無趣且死氣沉沉。

如前所述，阿根廷在第一場比賽敗給沙烏地阿拉伯，是出乎所有人意料的糟糕結果。因此阿根廷第二場對上墨西哥，不論如何都必須獲勝。報導中也提到「雖然阿根廷週六對上墨西哥的勝利至關重要（Though a win against Mexico on Saturday was crucial）」。不過對斯卡洛尼來說，阿根廷不只要贏下比賽，「也希望球隊能有更好的表現，以證明敗給沙烏地阿拉伯不過是

一時失常（Argentina coach Lionel Scaloni will also have wanted to see a much-improved performance as proof that the loss to Saudi Arabia was nothing more than a blip）」。

更何況在世界盃足球賽的第一場比賽「被沙烏地阿拉伯打敗前，阿根廷已維持了連36場不敗的戰績（given that before that Saudi defeat Argentina had gone 36 games unbeaten）」。可說對斯卡洛尼來說，自然會期待阿根廷能展現真正的實力，在賽事中打得更漂亮。不過報導中提到「阿根廷於這場比賽中的表現並未實現教練的期待（that performance never materialized）」、且「在大部分的比賽過程中顯得無趣且死氣沉沉（with Argentina looking stale and lifeless for much of the game）」。

請注意這邊描述阿根廷在比賽中的表現時，連續使用了stale and lifeless這兩個同義詞。這兩個詞可說是interchangeable（可互換的），不過兩者還是略有不同，stale多用於形容食物「不新鮮」了，而lifeless可更廣泛的應用於各種情況。不論這兩個詞彙在使用上有什麼區別，文中連續使用了stale and lifeless這兩個同義詞，可以很明確知道阿根廷在比賽中的表現不如預期。

ad hoc and improvisational

我們再介紹一個連續使用了兩個語意相同形容詞的報導。這篇報導與伊隆·馬斯克有關。描述了他會根據在推特（現改名為X）上進行的非官方民調結果，做出推特的產品變更（product changes）決策，這樣的管理風格招致了各方批評。請各位一邊

第7章

注意文中以什麼方式敘述馬斯克的管理方式，一邊讀讀看這篇文章。

Musk's penchant for making major product changes based on little more than informal Twitter polls has highlighted his **ad hoc and improvisational** management style. But that approach has attracted growing criticism from many Twitter users. Last week, Twitter suspended several journalists who had reported on Musk's permanent ban of an account that tracked his jet.

(CNN, 2022/12/20)

單字註解

penchant	名	傾向、偏好
poll	名	民意調查
highlight	動	強調、凸顯
ad hoc	形	即興的、臨時安排的
improvisational	形	即興的
suspend	動	暫停、中止
permanent	形	永久的、永恆的
ban	名	禁止

譯文

馬斯克傾向於只根據非官方的推特投票做出重大產品變更決策的習慣，凸顯了他即興且隨心所欲的管理風格。不過這樣的管理方式逐漸招致越來越多推特使用者的批評。上週推特凍結了數名記

> 者的帳號，因為這些記者報導了馬斯克永久停權一個追蹤其私人飛機行蹤的帳號一事。

報導開頭先批評「馬斯克傾向於只根據非官方的推特投票做出重大產品變更決策（Musk's penchant for making major product changes based on little more than informal Twitter polls）」。接著針對馬斯克這樣的習慣，表示「這凸顯了他即興且隨心所欲的管理風格（has highlighted his ad hoc and improvisational management style）」。

此處使用了ad hoc and improvisational這兩個同義詞來形容馬斯克的管理風格。ad hoc和improvisational兩者都只「即興的」之意。不過ad hoc除了「即興的」之外，語感上更強調「臨時的」、「特別的」。因此新聞英語中經常出現on an ad hoc basis（臨機應變的）、ad hoc committee（特設委員會）等用語。而improvisational同樣指「即興的」之意，不過語感上較偏向「現場製作物品」的意思，尤其在描述爵士等音樂表演中的即興創作或演奏時，經常會使用這個詞。另外除了形容詞improvisational和其名詞型improvisation之外，還有improvise（臨時做、即興演奏）這個常用動詞。

我們回來看報導內容。報導中接著提到「這樣的管理方式逐漸招致越來越多推特使用者的批評（that approach has attracted growing criticism from many Twitter users）」。馬斯克這樣的行為可說是「隨興」，但換個角度來說也是「自我中心」。報導中

245

實際舉出一個例子：「上週推特凍結了數名記者的帳號，因為這些記者報導了馬斯克永久停權一個追蹤其私人飛機行蹤的帳號一事（Last week, Twitter suspended several journalists who had reported on Musk's permanent ban of an account that tracked his jet）」。通常企業成長到像推特這種規模，會制定各種內部規章，讓員工可在遇到不同狀況時依制定好的流程進行處置。不過推特看起來幾乎是根據馬斯克一人的想法來決定所有事情。當然，這樣的行事風格也可看作是該公司的某種特性，但也確實有不少人對馬斯克這樣的作風感到反感。

mocked and ridiculed

前面介紹了數篇連續使用了兩個形容詞或名詞的近義詞英語報導，接下來我想介紹幾篇連續使用多個意思相近的動詞報導。第一篇要介紹的是有關CNN單獨邀請川普參加市民大會的報導。當初這場市民大會現場的群眾幾乎都是川普的支持者，因此即使川普完全是隨心所欲的發言，台下觀眾仍為其大聲歡呼鼓掌。另外，報導中也提到川普在現場針對控訴其性騷擾的女性作出了許多荒唐的發言，而聽眾非但沒有阻止，反而還嘲笑這些受害女性。

> It was "a disgraceful performance" and "showed the corrosive effects of Trumpism over eight years," said Scarborough. "The most shocking part," Scarborough said, was the audience "who cheered on a president who tried to overturn American

democracy, an audience that **mocked and ridiculed** the woman who had been sexually assaulted."

(HUFFPOST, 2023/5/11)

單字註解

disgraceful	形	可恥的、不光彩的
corrosive	形	腐蝕性的
overturn	動	顛覆
mock	動	嘲笑、嘲弄
ridicule	動	嘲笑、戲弄

譯文

「這是一場可恥的表演，展現了川普式思想在這八年對民眾造成的腐蝕效應。」斯卡伯勒表示。他補充道「最令人震驚的是，台下群眾竟然為一名試圖推翻美國民主制度的總統歡呼，一名聽眾甚至嘲弄、譏諷遭到性騷擾的女性。」

報導開頭引用了喬·斯卡伯勒的發言：「這是一場可恥的表演，展現了川普式思想在這八年對民眾造成的腐蝕效應 (It was a "disgraceful performance" and "showed the corrosive effects of Trumpism over eight years")」。這位斯卡伯勒是MSNBC電視台早晨時段知名節目Morning Joe的主持人，他過去也曾與川普關係親密。不過在川普當上總統後，兩人意見出現各種衝突，關

係急遽惡化，現在兩人已成為不共戴天的死對頭。考慮到這層關係，我們也就能理解為何斯卡伯勒要批評川普了。

斯卡伯勒的話還沒結束，他說「最令人震驚的是，台下群眾竟然為一名試圖推翻美國民主制度的總統歡呼（The most shocking part was the audience who cheered on a president who tried to overturn American democracy）」，更甚者「一名聽眾甚至嘲弄、譏諷遭到性騷擾的女性（an audience that mocked and ridiculed the woman who had been sexually assaulted）」。這邊使用了 mocked and ridiculed 兩個同義的動詞。mock 和 ridicule 基本上可視作完全同義的詞彙，不過若硬要區分兩者的差異，ridicule 通常指廣義的「嘲笑」，而 mock 同樣指「嘲笑」，語意上卻更傾向諷刺、嘲諷。不過我認為各位讀者不用特別去區分這兩者的細微差異，將 mock and ridicule 視為同一組詞彙一起記起來即可。

demean and degrade

美國的種族歧視問題遲遲未能解決，時不時就會出現種族歧視相關事件或醜聞，並成為報導題材。接下來這篇就是有關種族歧視，尤其是跟黑人的種族歧視有關的報導。報導內容主要討論被稱作「黑臉扮裝（black face）」的種族歧視議題。黑臉扮裝指在化妝時為模仿黑人將臉部塗黑的行為。其起源來自 1830 年代一路流行至 20 世紀前半的「黑臉走唱秀（minstrel shows）」表演中，白人演員在演出時將臉部塗黑的行為。

因黑臉扮裝起源自白人對黑人的諧仿表演，此行為帶有對黑人

的嘲笑意味，在現今被視為極具侮辱性的舉動。但現在時不時還會有政治家或名人被媒體揭露大學時代出席派對等場合時，做出黑臉扮裝的照片並遭到批判的狀況。在這個時代，依然偶爾會出現與黑臉扮裝有關的種族歧視問題，並被媒體大幅報導。這篇報導中即引用了黑人歷史文化博物館策展人的發言，說明美國人至今尚未學到教訓。

> "You get an opportunity to walk like, talk like, look like what you imagine black people to be," Pilgrim says. Imitation, in these instances, isn't a form of flattery. "People don't seem to learn the lesson" presented each time a black face incident surfaces, says Dwandalyn Reece, curator of music and performing arts at the Smithsonian's National Museum of African American History and Culture. "They're not really trying to understand how the stereotypes work to **demean and degrade** black people."
>
> (USA TODAY, 2019/2/8)

單字註解

flattery	名	奉承、恭維
incident	名	事件
surface	動	顯露、出現
demean	動	羞辱、貶低
degrade	動	侮辱、詆毀

> 譯文
>
> 皮爾格林說：「你得到一個可以模仿你想像中的黑人走路、言談、外貌的機會」。在這些情況下，模仿並非一種奉承。考慮到過去浮現的每一個黑臉扮裝事件，「人們永遠學不會教訓」，史密森尼非裔美國人歷史與文化國家博物館音樂與表演藝術策展人德萬戴林·瑞西表示，「他們並不想理解這些刻板印象對黑人群體的侮辱與詆毀」。

我們來看這篇報導。報導開頭引用了皮爾格林的發言：「你得到一個可以模仿你想像中的黑人走路、言談、外貌的機會（You get an opportunity to walk like, talk like, look like what you imagine black people to be）」。部分黑人有獨特的走路和說話方式，與白人明顯不同，種族歧視意識強烈的人，在模仿時容易誇大這些黑人的特徵。不過，由於膚色無法單靠誇大舉止來模仿，因此這些人想到的解決方法即是把臉塗黑進行模仿。當然透過黑臉扮裝等方式對黑人的「模仿並非一種奉承（Imitation, in these instances, isn't a form of flattery）」。此處報導中引用了非裔美國人歷史文化博物館策展人的言論：「每次黑臉扮裝事件浮現，人們總是學不會教訓（People don't seem to learn the lesson presented each time a black face incident surfaces）」。

報導中繼續引用策展人的發言：「他們並不想理解這些刻板印象對黑人群體的侮辱與詆毀（They're not really trying to understand how the stereotypes work to demean and degrade black people）」。

從英語學習角度來看這篇報導，可注意此處使用了demean and degrade這兩個幾乎同義的動詞。如同單字註解寫的，demean指的是「羞辱」、「貶低」，而degrade則指「侮辱」、「詆毀」之意。這兩個動詞可說是語意近乎相同，因此也可選用其中一個就好。不過透過連續使用兩個同義詞、近義詞，可達到強調語意、避免誤解，甚至修飾行文風格的效果。尤其是在重視修辭技巧的新聞英語上，經常會出現許多像這樣連續使用同義詞或近義詞的報導。

spin, distort, prevaricate and lie

終於來到本書最後一篇英文報導了。我在此選了一篇適合作為壓軸的文章。前面介紹的都是連續使用兩個近義詞的報導，不過這篇報導比較特別，文中連續放了高達四個同義詞。本篇報導是國際政治學名家兼哈佛教授史蒂芬·華特（Stephen Walt）投稿刊登在《外交政策》這本外交期刊上的文章。本文的討論主題是由於俄羅斯發生了瓦格納兵變的內鬥事件，烏克蘭與西方國家便利用此機會，開始煽動俄羅斯國內的反對運動。

> It's hardly surprising that Ukrainian and Western officials would seize upon an event like the Prigozhin affair to encourage dissent in Russia, rally support at home, and defend their policy choices. Governments of all kinds **spin**, **distort**, **prevaricate**, **and lie** to advance their aims – especially when they are at war.
>
> (Foreign Policy, 2023/7/21)

單字註解

seize upon	慣 抓住、大加利用
dissent	名 異議、反對意見
rally	動 集合、召集
spin	動 編造、虛構
distort	動 歪曲、扭曲
prevaricate	動 含糊其辭、說謊
aim	名 目標

譯文

烏克蘭與西方世界官員會以普里格津事件為契機鼓動俄羅斯內部的不滿情緒、召集國內支持聲浪，並為自身政策進行辯護一事，可說是在意料之內。各國政府，尤其在戰爭時，都會藉由操弄、歪曲模糊事實、甚至撒謊以推進其目標。

報導中先是明確地表明「幾乎是在意料之內（It's hardly surprising）」。而 that 後面描述了這個「幾乎在意料之內」的事情為何：「烏克蘭與西方世界官員會以普里格津事件為契機鼓動俄羅斯內部的不滿情緒、召集國內支持聲浪，並為自身政策進行辯護（Ukrainian and Western officials would seize upon an event like the Prigozhin affair to encourage dissent in Russia, rally support at home, and defend their policy choices）」。此事為國際政治嚴酷的事實，像瓦格納兵變此種俄羅斯國內的內亂，對於與俄羅斯為敵的烏克蘭與西方諸國而言，正是煽動俄羅斯國內動亂及反政府運動的絕佳時機。

華特以瓦格納兵變為例，說明與俄羅斯為敵的烏克蘭和西方各國意圖最大程度利用此事件來達成自身目的。而文中接下來的段落也說明會做出這種行為的，並不只限於烏克蘭與西方各國而已。下面的段落提到「各國政府，尤其在戰爭時，都會藉由操弄、歪曲模糊事實、甚至撒謊以推進其目標（Governments of all kinds spin, distort, prevaricate, and lie to advance their aims – especially when they are at war）」。也就是說，當西方國家出現騷動或特殊事件時，俄羅斯當然也會趁機作亂。

華特在此處使用了 spin, distort, prevaricate, lie 四個近義詞來描述各國政府會使用的操弄手段。各位讀者前面也看過不少連續使用兩個同義詞或近義詞的英文報導，這在新聞英語中是常見的修辭方式。不過像本文連用了四個的報導可說是非常罕見。spin 在新聞英語中主要作為政治用語使用，意指政治家或政府官員在發生不利於己的事件時（如失言等），為避免損害過大，會「以對自己有利的方式解讀、操弄資訊」，因此政府發言人也被稱為 spinmeister。因 spin 指操弄資訊，以有利於自己的方式進行解讀，所以與「歪曲事實（distort）」、「撒謊（prevaricate、lie）」幾乎為同義詞。華特為學者而非記者，不過我想透過這篇文章各位讀者也能看出，這些學者其實也很習慣運用英文的修辭技巧，連續使用近義詞或同義詞來描述事物。

MEMO

MEMO

EZ TALK

剖析新聞英語慣用表達法，全面增進閱讀能力：
嚴選超過 80 篇實際報導，拆解文句結構、領悟篇章主旨

作　　　者	：三輪裕範	
譯　　　者	：吳羽柔	
主　　　編	：潘亭軒	
責 任 編 輯	：鄭雅方	
封 面 設 計	：兒日設計	
版 型 設 計	：洪伊珊	
內 頁 排 版	：洪伊珊	
行 銷 企 劃	：張爾芸	
發 　行　 人	：洪祺祥	
副 總 經 理	：洪偉傑	
副 總 編 輯	：曹仲堯	
法 律 顧 問	：建大法律事務所	
財 務 顧 問	：高威會計事務所	

剖析新聞英語慣用表達法,全面增進閱讀能力：嚴選超過 80篇實際報導,拆解文句結構、領悟篇章主旨/三輪裕範 著；吳羽柔譯. -- 初版. -- 臺北市：日月文化出版股份有限公司, 2025.05

256面； 16.7x23公分. -- (EZ tallk)

譯自：日本人が苦手な語彙・表現がわかる「ニュース英語」の読み方

ISBN 978-626-7641-34-7(平裝)

1.CST: 新聞英文 2.CST: 讀本

805.18　　　　　　　　　　114002813

出　　　版	：日月文化出版股份有限公司	
製　　　作	：EZ 叢書館	
地　　　址	：臺北市信義路三段 151 號 8 樓	
電　　　話	：(02) 2708-5509	
傳　　　真	：(02) 2708-6157	
網　　　址	：www.heliopolis.com.tw	
郵 撥 帳 號	：19716071 日月文化出版股份有限公司	
總 　經　 銷	：聯合發行股份有限公司	
電　　　話	：(02) 2917-8022	
傳　　　真	：(02) 2915-7212	
印　　　刷	：中原造像股份有限公司	
初　　　版	：2025 年 5 月	
定　　　價	：400 元	
ISBN	：978-626-7641-34-7	

日本人が苦手な語彙・表現がわかる「ニュース英語」の読み方
NIHONJINGANIGATENAGOI·HYOGENGAWAKARU「NEWSEIGO NOYOMIKATA

Copyright © 2023 by Miwa Yasunori
Original Japanese edition published by Discover 21, Inc., Tokyo, Japan
Complex Chinese edition published by arrangement with Discover 21, Inc. through AMANN CO., LTD.
Traditional Chinese copyright © 2025 by HELIOPOLIS CULTURE GROUP

◎版權所有 翻印必究
◎本書如有缺頁、破損、裝訂錯誤，請寄回本公司更換